电影文学剧本

东方颂晓

黄德元　黄德明　丁鼎　著

浙江文艺出版社
Zhejiang Literature & Art Publishing House

图书在版编目（CIP）数据

东方欲晓 / 黄德元，黄德明，丁鼎著 . —杭州：
浙江文艺出版社，2023.12
ISBN 978-7-5339-7413-8

Ⅰ.①东… Ⅱ.①黄… ②黄… ③丁… Ⅲ.①
电影文学剧本—中国—当代 Ⅳ.①I235.1

中国国家版本馆CIP数据核字（2023）第222486号

特约策划　王志坚
出版统筹　虞文军　邱建国
责任编辑　金荣良　於国娟
责任校对　朱　立
责任印制　张丽敏
封面设计　吴　瑕
数字编辑　姜梦冉　诸婧琦

东方欲晓

黄德元　黄德明　丁鼎　著

出版发行　浙江文艺出版社
地　　址　杭州市体育场路347号
邮　　编　310006
电　　话　0571-85176953（总编办）
　　　　　0571-85152727（市场部）
制　　版　杭州天一图文制作有限公司
印　　刷　杭州丰源印刷有限公司
开　　本　880毫米×1230毫米　1/32
字　　数　171千字
印　　张　8.25
插　　页　1
版　　次　2023年12月第1版
印　　次　2023年12月第1次印刷
书　　号　ISBN 978-7-5339-7413-8
定　　价　58.00元

———— ★ ————

　　本剧本分为《井冈星火》《帅旗飘扬》两部分，表现了毛泽东、周恩来、朱德等中国共产党人，在寻找革命出路的艰难过程中，把马克思主义中国化，发生了从"以城市为中心"到"以乡村为中心"，从"不会打仗"到"学会打仗"的转变。尤其是毛泽东，快速增长起多方面的才能，从"书生"成长为众望所归的统帅和领袖。

　　剧本揭示了任何国家和人民，要实现独立、民主、富强，必须走符合本国国情的发展道路的时代主题；用群众喜闻乐见的故事形式，生动回答了"中国共产党为什么'能'"这一世人瞩目的问题，有着深刻的现实意义。

　　谨以此剧本，献礼中国人民解放军建军100周年。

目 录

序　幕

　　黑白的中国版图上，叠映出多张灾难深重的旧中国的老照片：

　　列强的炮舰，向中国城市开炮；

　　荷枪实弹的外国军队耀武扬威地开进北京城；

　　中国人惨遭外国侵略者斩首；

　　破衣烂衫、瘦骨嶙峋的中国百姓；

　　成群结队、沿街乞讨的难民；

　　一长串几乎赤身裸体在江边背纤的民工；

　　伏在母亲尸体上啼哭的孩子……

　　【旁白】从1840年鸦片战争开始，帝国主义列强纷纷用武力侵略并瓜分中国，唆使各路军阀展开混战。曾经富裕的中国，沦落成半殖民地半封建的人间地狱，中华民族面临亡国灭种的危险。1921年，中国诞生了共产党。1924年1月，中国民主革命的伟大先行者孙中山先生主持中国国民党第一次全国代表大会，确立了联俄、联共、扶助农工的政策，标志着第一次国共合作正式形成。随后相继开展了反帝反封建的东征和北伐战争，从广东出发的北伐军攻占了长沙、武汉、南京、上海，收回了部分外国租界，全国人民的革命大潮汹涌澎湃……

照片越来越多，雪片般飞来。

演员表、职员表开始显现。

【字幕】上海

一个可容纳近百人的礼堂内坐满了北伐军的将校军官，其中还夹杂着少数穿长袍马褂和着西服领带的男人。随着一声响亮的口令："蒋总司令到！"军官们全体起立。

【字幕】国民革命军总司令 蒋介石 时年40岁

蒋介石从前排侧门走进礼堂。

值日军官下达口令："敬礼！"

全体军官立即举手敬礼。

蒋介石边走边举起右手向军官们回礼。他站到讲台前，放下右手，军官们一起放下敬礼的手臂。

蒋介石威严地朝全场扫视了一圈，神色庄重地说："今天要宣布一个秘密决定——清除共产党！"

会场气氛热烈。

蒋介石做了个手势，全体坐下。他清了清嗓子："我们利用共产党北伐，是要他们动员农工，刺探军情，运送粮弹。可是共产党借机坐大，居然在上海发动了几十万工人罢工和起义，在湖、广更是搞了几百万人的农民协会，打倒富豪士绅，使我们众多军官的家庭深受其害。他们还要收回外国友邦的租界，令日本、美国、英国、法国等切断我们的财路。现经秘密谈判，江浙财阀和友邦已答应大力援助我们清共。为此，我决定：斩草除根，以绝后患！"

会场上响起一阵掌声。

走廊上，蒋介石边走边吩咐身后助手："要弄一个共党骨干的名单，不要漏了毛泽东！"一提到这个名字，他脸上出现了一股杀气："这个人当了几个月国民党中央宣传部代理部长，成天鼓动农民闹事。给我把这个刺头剃了！"

军乐齐鸣。在上海总工会的大门前，上百名北伐军军乐手吹吹打打，向总工会领导赠送一面写着"共同奋斗"四个大字的锦旗，以表示对上海工人纠察队的"敬意"。

【字幕】1927年4月12日 上海

电闪雷鸣，大雨倾盆。十几挺机枪狂吐火舌。"上海总工会"的门牌顿时成了蜂窝。

银幕被喷溅的鲜血染成一片血红。

【旁白】1927年春，正当北伐军节节胜利、饮马长江，大革命触及帝国主义、官僚资本和地主阶级的根本利益时，蒋介石、汪精卫先后发动"四一二""七一五"反革命政变，疯狂屠杀了约三十一万共产党人、国民党左派和工运、农运积极分子，共产党员从约五万七千人，锐减至一万余人。

【字幕】江西南昌

南昌城楼，炮火连天。

【旁白】1927年8月1日，周恩来等人奉中共中央临时政治局常委会指示，发动南昌起义，打响了武装反抗国民党反动派的第一枪。随即，起义部队挺进广东，计划在汕头等地接受海上外援，而后攻占广州，再次北伐。

演员表、职员表结束。

第一部

井冈星火

【**字幕**】8月7日 中共中央在武汉召开紧急会议

在十几个青年到场的会议上，一个身材高大的年轻人正站着发言。

【**字幕**】中共中央政治局候补委员、中央农民运动委员会书记 毛泽东 时年34岁

毛泽东留着长发，白褂长裤，脸上挂着汗珠："以前我们批评中山先生专做军事运动；而我们自己则注重民众运动，不重视军事运动。结果蒋介石一叛变，就杀得我们血流成河！我们只有向他学，拿起枪杆子跟他干，枪杆子里面出政权！"

众人纷纷点头。

【**字幕**】共产国际代表 罗米那兹 时年30岁

俄国人罗米那兹年轻英俊，留着短短的络腮胡子。他用生硬的中国话问："喔，你这叫枪杆子主义。你会打仗吗？"

毛泽东摇摇头。罗米那兹失望地耸耸肩。

【**字幕**】中共中央政治局常委 瞿秋白 时年28岁

瞿秋白中等身材，戴着眼镜，一副文质彬彬的模样。他对罗米那兹介绍说："毛润之是我们党的笔杆子，《湖南农民运动

考察报告》就是他写的。"

罗米那兹笑容满面地站起来，隔着一排人，把胳膊伸得老长地去与毛泽东握手："哦，毛——'湖南辣子'，我就是通过你那篇文章知道你这个绰号的！"

毛泽东笑着，也伸长胳膊与罗米那兹紧紧地握手："那篇文章得罪了陈独秀，他想当君子，动口不动手，让工人农民交枪。"

罗米那兹激动地来回走动，比画着说："陈独秀太软弱，让我们援助国民党的数千万卢布也全部泡汤！"

此话一出，有的人露出了惊诧的神色。

一个年轻人激动地站起来："怎么，你们给我们共产党的援助只是给国民党的零头？"

罗米那兹斜了他一眼，没有接茬，顺着自己的思路讲："俄国十月革命首先在首都彼得格勒爆发，当年就获得胜利，到成立四个共和国加盟的苏联，也不过五年时间。实践证明革命必须首先在中心城市发动，而后席卷全国，这是唯一正确的道路。"

座席中有人喊："罗米那兹同志，你认为中国革命要几年才能成功啊？"

"这个……"罗米那兹朝座席上望了一眼，一只手摸着自己的络腮胡子，自信地笑了笑，"这么说吧，中国革命不成功，我就不刮胡子——估计我这胡子……"他眨巴眨巴眼睛，搜肠刮肚地想了一会儿，"用你们中国农夫的话说，也是兔子尾巴长不了!"

与会人员既兴奋又戏谑地你看看我，我看看你，随即响起热烈的掌声。

瞿秋白两眼放光地望着罗米那兹："是的，只要我们沿着你们走过的道路再走一遍，中国革命就能成功。所以我们强调占领如武汉、长沙这样的中心城市，制造中国革命的总高潮，一举夺取全国政权!"

毛泽东："还有一个问题，南昌起义为了争取国民党左派，打的是国民党旗号，起义部队也叫国民革命军，老百姓会不会还误以为我们是国民党的部队?"

他话还没讲完，会场就躁动起来，代表们交头接耳，议论纷纷。

"不，"罗米那兹连连摇手，"不，共产党人太少，这也是我们当初主要援助国民党的原因。只有打国民党的旗号才能团结国民党左派，人多才有力量!"

毛泽东见多数人都点头表示赞成，想了想，就换了一个话题："我们在湘赣有几千农军，加上几千北伐军的正规军，长沙可以攻下来，下一步也许就能谋划夺取湖南全省。"

瞿秋白："不过，润之，你还是留在中央工作吧，我们很需要笔杆子……"

"我想参加秋收暴动，"毛泽东有点儿调皮地眨眨眼，"到江湖去结交绿林好汉。"

"你是想衣锦还乡吧?"瞿秋白打趣道。

"就算是吧，我把青春都留在那儿了。"毛泽东微微一笑，严肃起来，"主要原因是，我要到一线亲眼看看怎样夺取中心城市，这样写文章才不会放空炮。"

一家商铺，一个魁梧的背影正在照镜子。背后传来瞿秋白的喊声："润之，护送你的交通员来了……"

话音还没落，背影转过身来。交通员惊喜地喊道："毛委员，真的是您呀！"

毛泽东摘下墨镜，辨认了一下，笑着向青年伸手过去："潘树安嘛。"

【字幕】北伐军警卫团副官 潘树安 时年22岁

潘树安紧紧握住毛泽东的手："刚才看背影我就觉得您眼熟。"

瞿秋白："你们认识?"

"他是主张工业救国的潘树安嘛，老相识了。——你从背影就一眼认出了我? 看来我的化装不行哦！"毛泽东感叹一声，"你不是在北伐军吗? 怎么到这里来了?"

"逃出来的。唉！回家乡去招一批新兵，不料遇到国民党杀人，亲人几乎都被杀了。"潘树安眼圈一阵发红，"全县农会会员死了三百多人！"他擦了一下眼睛，发狠地说："我不报此仇，誓不为人！"说着提起毛泽东脚旁的小柳条箱："毛委员，我们出发吧。"

瞿秋白和毛泽东紧紧握手道别。

瞿秋白："润之，祝你马到成功！"

毛泽东："你就等着我们的好消息吧！"

群山逶迤，江水苍茫。一声汽笛，一艘小火轮顺江而下。

毛泽东和潘树安并肩站在船栏旁。

毛泽东："这一路上老百姓对国民党都恨得要死，我们搞军队，不能再打国民党的旗帜。"

潘树安连连点头，深有同感。

毛泽东露出坚毅的神色："我们必须高高打起共产党的旗帜，和国民党争夺对工农大众的领导权！"

【字幕】江西修水 参加秋收起义的主力部队、原武汉政府警卫团

部队正在开进。官兵们颈系红巾、臂佩镰锤袖章，成四列纵队，迈着整齐威武的步伐，高唱着《工农兵联合起来》，意气风发地持枪行进……

"工农兵联合起来！

向前进，消灭敌人！

我们勇敢，我们奋斗，

我们团结，我们前进，

杀向那帝国主义反动派的大本营，

最后胜利一定属于我们工农兵！"

【字幕】秋收起义总指挥 卢德铭 时年22岁

工农革命军第一军第一师师长 余洒度 时年29岁

工农革命军第一军第一师副师长 余贲民 时年39岁

卢德铭、余洒度和余贲民三人意气风发，并列走在队伍的最前面。

蜿蜒山路的岔路口。匆匆赶路的毛泽东和潘树安发现路旁的树上模模糊糊地吊着什么东西。走近一看，竟是几具尸体。树干上还有一张白纸。

潘树安盯着白纸看了一会儿，愤怒地说："是我们农会的同志，被敌人挂着示众。我把他们安葬了吧。"说着迈腿往前走，毛泽东一把拉住了他。

毛泽东警惕地向四周瞄了一眼，压低声音说："小心敌人在钓鱼。我们重任在身，这笔账先记在心里吧。"

毛泽东若无其事地往前走，潘树安犹豫了一下，紧紧地跟上。

毛泽东目视前方，对身边的潘树安说："中央文件的精神你都记住了吗?"

"记住了。"

"万一被敌人缠住，我们就分开跑……"

"那你?"

"你不要管我。分开跑，跑掉的可能性就大不少。关键是一定要把中央精神传达到起义指挥部。"

"我记住了!"

前面出现了几个肩背步枪的人影,正不怀好意地朝这边看。

毛泽东和潘树安停下脚步,回头一望,身后也出现了几个背枪的人,晃晃悠悠地走过来。应是民团。

"见机行事。"毛泽东轻轻地叮嘱了一声,就大大方方地朝前走。

来到几个民团团丁的前面,毛泽东笑眯眯地一抱拳:"各位老总,辛苦辛苦!"

"干什么的?"一个团丁凶神恶煞地问。潘树安上前一步正要回话,一个壮实的头目举手制止了他。

这个头目绕着他俩转了一圈,斜着眼睛打量着说:"让我来猜猜,你们俩是干什么的?"

这时后面的两三个团丁也走过来,把毛泽东和潘树安围拢在中间。

民团头目笑眯眯地咧了咧嘴,突然蹦出一句话:"你们俩是三十块大洋!"

几个民团团丁都哈哈大笑。

毛泽东惊讶地说:"老总,你这是怎么说的?"

民团头目:"你们俩都是共匪。"他瞅着潘树安:"你是个跟班的,值十块大洋。"又指点着毛泽东的鼻子:"你是个官儿,值二十块大洋,两个加一块不正是三十块大洋吗?哈哈。"

毛泽东连连摆手:"老总说笑,共匪哪看得上我们啊?我们是安源煤矿的采买，共产党也是要革我们的命的……"

民团头目突然板起了脸，凶神恶煞地喝道："他妈的住口，像你这样长得有模有样的，不是共匪头目，谁还会是共匪头目？带走！"

几个民团团丁立即如临大敌，摘下枪，指着毛泽东和潘树安："走，走！"

潘树安："我们真是矿上的采买，你们耽误了我们买桐油，矿老板要发脾气的！"

民团头目："你们是什么货色，到县衙门里一查就清楚。"他又斜了毛泽东两眼："我看你一副有头有脸的模样，可能是五十块大洋吧？到时候我们得大洋，你们俩得枪子，这叫各得其所。快走！"

毛泽东云淡风轻地笑笑："走就走，就怕到了县衙门，我们扬长而去，还得罚你几块大洋哦……"

"走！"民团头目狠狠地推了毛泽东一把。

毛泽东："县太爷和我们矿老板都是吃煤矿的。我们原本也要去县太爷府上孝敬孝敬的。现在跟你们走，这一路上你们管吃管喝哦！"

民团头目："你唬谁呢？你看看树上那几个吊死鬼，这几个共匪就是县太爷下令吊在那儿的。"

毛泽东朝吊人的树上看了看，满不在乎地说："我唬不唬人，到时候你就知道了。你耽误了县太爷的好事，恐怕不光是罚几个大洋吧？恐怕还要把你这几支枪给扣下吧？"

潘树安："恐怕还要到县衙门的大牢里吃几天牢饭吧？"

民团头目冷笑一声："你们认识县太爷？"

毛泽东："岂止是认识，这兵荒马乱的，敢到江湖上混，谁还没有个三亲六故？"

民团头目："这县太爷叫什么名字啊？县党部书记长呢？"

毛泽东毫不犹豫地脱口而出："县长叫邵炯明，县党部书记长叫李坤，警察局局长叫万家辉，县长夫人是邵张氏……都没错吧？"他冷笑一声："我还知道县太爷最喜欢吃哪家酒楼呢！"

民团头目的口气软了一些："你显摆啥子嗬？"

潘树安："这还有假？那家酒楼有最俊的窑姐作陪，窑姐的钱还是我们矿上付的账呢。"

"哪家酒楼？""哪个窑姐？"团丁们来了兴趣，放下端着的枪。

毛泽东："这可不能告诉你们，你们张扬出去，倒霉的就是我了。"

潘树安看看面露淫笑的民团头目："要说我也只能对你一个人说。"说着做了一个叫他附耳过来的手势。

民团头目凑上前来，潘树安对着这个凑上来的脑袋突然猛挥一拳，把他打翻在地，趁团丁们还没反应过来，几个箭步就冲进山上的林子不见了。

民团头目倒在地上"哎哟哎哟"喘了两声，爬起来喝道："追，快给老子追！"还随手指着一个瘦子说："你留下，看住他!"

"哎,是!"瘦子站住脚,拿枪指着毛泽东,"你别动,动我就开枪了!"

毛泽东看着几个乱哄哄的团丁已经钻到山林里没影了,对瘦子说:

"兄弟,咱们前世无冤,今世无仇,何必呢?"他从长衫兜里掏出三块大洋,"这位兄弟拿着买个茶喝……"

瘦子看着大洋有点儿发蒙。

毛泽东:"乡里乡亲的,山不转水转,你跟共产党总有碰头的一天。"

瘦子不由自主地点点头。

毛泽东:"多个朋友多条路,拿着吧。"他把三块大洋往瘦子手里一塞,又把长衫衣兜的兜底抽了出来,"你看,没了。"

瘦子四处看看,犹犹豫豫地接过大洋。

毛泽东:"兄弟,你等我跑几步再喊,不然叫他们抓住我,这三块大洋,可不是你一个人的喽!"说着一个箭步,钻进了另外一个方向的山林。

瘦子看看手里的大洋,揣进口袋,叹了口气往前走,走了几步,又回过身来,对着已经不见了毛泽东身影的山林望望,在原地转了两个圈,就跺着脚使劲大喊起来:"这个也跑了,快追呀!"

树林里,毛泽东脚踏灌木大步飞奔。突然,他一个趔趄,一跤摔倒在地——是锋利的树权子扎透右面鞋底伤了脚，鲜血从鞋面上冒了出来。毛泽东痛得坐在地上直抽冷气……背后隐隐约约响起了民团追赶的声音：

"停下""站住""你跑不了"……

毛泽东一咬牙关站起来，一瘸一拐地往前跑。追兵的声音越来越响了。

毛泽东来到一个"人"字形的岔路口：一大一小两条山间土路。追兵越来越近了。他想了想，脱下左脚上的鞋，往那条宽些的土路上一丢，布鞋落到了二三十步开外的土路中间，自己一转身沿着那条狭窄的土路，钻进了树林。

三个团丁气喘吁吁地追到了岔路口，不见人影。他们东张张、西望望。忽然，一个团丁看到了什么，跑过去，捡起路上的鞋，朝后面的同伴晃了晃，三个人就沿着大路往前追去。

【字幕】江西铜鼓 肖家祠 起义军三团团部

中秋节的傍晚，铜鼓县肖家祠的祠堂。几张桌上堆满猪肉、水果、瓜菜，革命军的官兵们忙碌地准备着菜肴。他们有的穿军装，有的穿土布衫，军容不整，但都佩戴着领巾和臂章。

【字幕】三团团长 苏先骏 时年20多岁
　　　　参谋 章志林 时年25岁

苏先骏和章志林在备餐桌间穿行。苏先骏十分感慨："我们下一次聚餐，一定是在长沙城里了。这要牺牲不少同志啊，这一顿要尽量搞得丰盛些。"

"报告团长，"门卫来到苏先骏面前，"门外有人求见，说是武汉来的。"

"武汉来的？个子高吗？"

"高。"门卫用手比画了一下。

苏先骏和章志林交换了一个欣喜的眼神。

苏先骏："是毛委员吧？"他们快步走向门口。

石库门的大门口，站着毛泽东。他拄着一根树枝，身上那件长衫已经撕了很多破口子，头发上沾了碎草叶，一只脚上穿着鞋，一只脚用布褂子裹着，灰头土脸，却笑容满面。

苏先骏惊讶地向毛泽东敬了一个军礼："毛委员，你这是？"

毛泽东哈哈大笑："路上遇到点麻烦，多亏我皮糙肉厚！"

章志林兴奋地向毛泽东敬礼："毛委员！"

"啊，章志林！你也在这里？"毛泽东一把握住章志林的手，对苏先骏说："他还是我广州农讲所的学生呢！"忙又迫不及待地问："哎，苏团长，我的交通员潘树安到了没有？"

"哦，他也刚到，正要带人去接应你。"

"这我就放心了。"毛泽东话音刚落，传来一声惊喜的喊声："毛委员！"

毛泽东看到了也形同乞丐的潘树安带着几个人正要去找自己，连忙一瘸一拐地迎上去，和他紧紧握手，上下打量着他，大笑着说："大难不死必有后福啊，你看这口福不就来了吗？"

夜，一轮磨盘大的明月当空。

苏先骏陪同毛泽东走进祠堂。

苏先骏："毛委员，今天是中秋节，我们全体军官正在准备暴动前的聚餐……"

"好啊，有卢总指挥他们的消息吗？"说着他们走进一侧的房间。

【字幕】江西修水 起义军师部

卢德铭走到桌前，拿起铅笔，指着地图，对站在面前的二十多位军官说："我们的全部兵力是一个师四个团，五千多人。根据湖南省委的作战计划，昨天，也就是9月9号已开始破坏长沙周围的铁路。9月11号，一团、四团从修水发动，"他画出一个直指长沙的箭头，"二团从安源发动，"他又画出一个箭头，直指长沙，"三团从铜鼓发动，"他画出第三个直指长沙的箭头，"到9月16号，三路人马必须兵临长沙城下，湖南省委将在这一天组织城里五千人响应暴动，里应外合，一举攻占长沙！"

铜鼓，三团团部。

毛泽东指着一幅较小地图上三个粗壮有力的箭头，对站在面前的军官们说："你们三团的任务，首先是攻占铜鼓县城，而后全师分别从修水、安源、铜鼓前进，9月16号会攻长沙。你们都清楚了吗？"

"清楚!"

"中央已经批准秋收暴动打我们自己的旗帜。"毛泽东激动地喊了一声,"何长工!"

"到!"

【字幕】洞庭湖西区 农军总指挥 何长工 时年27岁

毛泽东:"请军旗!"

"是!"何长工身材高大壮实,身穿整齐军装,应声从后面擎着一面军旗,走到前面。

毛泽东上前展开旗面:靠近旗杆的白布上写着"中国工农革命军第一军第一师",火红的旗帜中央是一颗五角星,五角星内画着镰刀和锤头。

毛泽东:"我军第一面军旗主要是何长工同志设计的。红旗象征革命,红色也象征无数烈士的鲜血,镰刀锤头象征工农,五角星象征中国共产党——这面军旗代表我军要在中国共产党的领导下,为人民的利益血战到底!"

大家都十分激动,有人热泪盈眶。站在一旁的苏先骏上前两步,接过了毛泽东手上的军旗。

毛泽东情不自禁地抹了一下湿润的眼睛:"同志们,这是我们共产党第一次打出自己的旗帜搞军队。我们这些人将来可是要上史书的呀!"

大家都神色庄重地站在军旗前。

毛泽东喊了一声:"向军旗敬礼!"

人们随着口令一起举手敬礼。

修水，师部。数十名军官列队整齐，心情激动地注视着展现在面前的军旗。

卢德铭眼中闪着泪花，响亮地下达口令："向军旗敬礼！"

所有人都齐刷刷地行了一个庄严的军礼。

三团团部。大家围着桌上的地图。

毛泽东从思索中抬起头来问军官们："凡事预则立，不预则废。万一起义失败了，我们怎么办？"

大家面面相觑，谁也没有想过这个问题。愣了一会儿，就一起围拢到桌上的地图前。

一位军官想了一会儿："我知道几个江湖好汉，袁文才和王佐，在井冈山上混得自在，实在不行就去找他们。"

"井冈山？"毛泽东对这个名字并不熟悉，大家不约而同地把头凑到地图上看。他们顺着军官手指的滑动，终于在罗霄山脉中段找到了井冈山。

有人哑然失笑道："这是什么鬼地方？他们是土匪吧？"

这位军官不以为然地反驳道："袁文才还是共产党员呢！"

"钻到深山里面干革命？"毛泽东大为感慨，"但愿我们马到成功，可不要被逼上梁山！"

几十盏灯火把祠堂照得如同白昼，起义前的聚餐正式开始。毛泽东和苏先骏坐在首桌，其他排长以上级别的军官都在场。

"同志们，"苏先骏站起来大声说，"现在请中央政治局候补委员、中央特派员、中国工农革命军第一军第一师前敌委员会书记毛泽东同志讲话！"

席间响起一阵热烈的掌声。

毛泽东双手按住桌沿，缓缓站起，溃烂的脚背刚用白布裹好，脚伤使他微微皱了一下眉头，但那只是一刹那的表情，他用不高的声音开始鼓动演说："弟兄们，同志们，大家辛苦了！在座的有湖南浏阳人、醴陵人、平江人，江西人，还有广东人、湖北人——我先问大家一个问题：今天是八月中秋，各位弟兄不在家里同亲人团聚，都跑到这里来，是为了什么？"说着，他来到军官们中间，扫视着这些刚学会使用武器的军人。"老弟，你先说说吧。"毛泽东停在一个年轻人面前，向他微微一笑说。

"我……"年轻人手足无措起来，"我……我是为了这个！"他突然扯开上衣，裸露出黝黑的胸膛，只见上面横卧着三道深深的刀痕。

"唔，要报仇！"毛泽东深情地按一下他的肩膀，又来到另一个军官面前："老弟，你呢？"

"我……"军官扭过头去，眼角闪出泪光，"一家十七口，被杀了十六口！"

毛泽东默默地拍拍他的肩膀，来到一个粗壮的中年大汉面前："你一定也有仇！"

【字幕】排长 赵石头 时年29岁

"我……"赵石头有些窘迫，"我从来没有挨过地主的打。"

"哦?"毛泽东微微扬了扬眉头。

"因为我打记事起就像牛一样给他们拼命干活，不管白天黑夜！我也没有什么人被他们杀头，我一直就是光棍一个！"

"那你为什么……"

赵石头略一犹豫，面露悲伤："我家八辈子都是穷人，从来就没有吃过饱饭。家里老人死了，向来是破凉席子卷一卷，草草埋在乱葬岗……"他抹了一下湿润的眼睛，忽然怒吼道："王侯将相宁有种乎?！闹农会时，我一口气砍了三个地主的脑壳，就投了北伐军！"

人们听着，脸上露出钦佩的笑容。

"好！"毛泽东帮他整整歪斜的衣领，"要打碎几千年来只有少数人富得流油，大多数人饥寒交迫的旧世界，建设一个人人发财、家家富裕的新世界！"

他回到祠堂中央。"同志们，不用再问了，我相信这里的每一个人都是有来头的，也都想有个奔头。我们眼前的任务，就是要兵分三路，与长沙工人里应外合，在9月16号，一举占领长沙！"他端起了桌上的酒碗，大家也都起身端起了酒碗。

毛泽东举起酒碗："长沙见！"

军官们齐声响应："长沙见！"

毛泽东把酒碗再往高处举了举："不见不散！"

军官们更兴奋地吼道:"不见不散!"

轰隆!轰隆!随着几声巨响,两段铁轨被炸药抛向空中。随即,一辆飞驰而来的军列立即拉起了紧急制动阀。随着刺耳的金属摩擦声,军列缓缓停在了被炸毁的路基前面。

车厢里跳出了一个个荷枪实弹的国民党士兵。

起义军指挥部。地主家客厅的墙上,斜靠着"中国工农革命军第一军第一师"的军旗。苏先骏盯着桌上的一张地图在思考。毛泽东在一旁扣上新换军装的风纪扣。

他招呼说:"苏团长,你看怎么样?还算神气吧?"

苏先骏抬起头朝毛泽东笑一笑:"毛委员,你可算是衣锦还乡了!"

毛泽东哈哈大笑,一边练着"齐步走"一边说:"有省委三路围攻、里应外合的作战计划,又有北伐名将卢德铭亲自指挥,十之七八能攻下长沙啊……"

话还没说完,一位军官进来报告:"一团已经打响了。"

毛泽东紧张又兴奋:"怎么样了?"

军官过来指着地图:"他们已经占领了平江县的龙门厂。"

"好啊,旗开得胜!"毛泽东不由得面露喜色。

一座豪绅家的庭院,方池石山,中间是楼。潘树安手提驳壳枪,身上还挎着另一支枪,指挥一群士兵,在抄豪绅宅院里的浮财。

赵石头用梭镖捅下楼门上写着几个大字的黑漆横匾,在石阶上踩断。一个士兵捡起一块半个砖头大小的石头就要往下摔。

"别摔!"潘树安一把夺过了挺漂亮的方石头。恰好毛泽东兴冲冲地走进庭院,看到这一幕,好奇地问:"那是什么宝贝呀?"

潘树安把手里的石头递给毛泽东:"我们打下长沙,成立省政府,不也要大印吗?把上面的字磨掉,正好派上用场。"

毛泽东:"树安,你还挺有想法呢……"

毛泽东接过石头端详了一会儿,悄无声息地念出了几个字,脸色变得有些吃惊。看到不远处站着一个绅士打扮的中年人,招手问他:"这东西哪来的?"

绅士走近几步,不屑地朝石头看了一眼:"祖传的。"

毛泽东:"祖传的?你家姓戚吗?"

绅士一愣:"老总怎么知道?"

毛泽东抬了一下拿在手上的石头:"你认得这上头的字吗?"

中年绅士伸过脑袋看看,连连摇头。

毛泽东逐字逐句地念道:"封、侯、非、我、意,但、愿、海、波、平——这是戚继光戚少保最有名的两句诗啊。你不知道?"

绅士显得很尴尬:"戚继光正是我家祖上,不过这几个字确实刁钻古怪，惭愧！"

毛泽东："这是用大篆写的。戚继光抗击倭寇，有大功。这两句诗的意思是：他并不在意封侯，而志在荡平东海倭寇——可惜啊，日本鬼子又要来了！"

绅士有些吃惊地望着毛泽东："倭寇又要来了，此话当真？"

毛泽东："如果日寇来了，你怎么办呢？"

绅士激动起来："誓死抗日，绝不辱没祖宗！"

"好！"毛泽东将那块玉石还给中年绅士，"希望你记住今天的话！"

潘树安低声对毛泽东说："毛委员，他家居然是戚继光的后代，家里肯定有兵书呀……"

毛泽东赞许地看了潘树安一眼，问中年绅士："你家应该有兵书吧？"

中年绅士苦着脸说："我家与世无争已百年了，哪有那东西？"

毛泽东扫了一眼四周，迈步走进堂屋，视线落到了桌上一小堆首饰上："这样，你如果能找到兵家之书，这桌上的首饰你就拿走。"

绅士："长官莫打趣了，就是找到了也是一堆烂纸，不值钱的。"

毛泽东和颜悦色地笑笑："烂纸也行，我说话算数。"

站在毛泽东身后的潘树安看到绅士还犹豫不决地站在那

儿，喝道："还不快去！"

"是，是。"绅士急忙转身走了。

衙门里传出一阵"咚、咚、咚"的撞击声，赵石头和几个战士奋力地用石块砸开了牢门。

战士们将里面遍体鳞伤的囚犯放出来，同时高喊着："同志们，乡亲们，参加暴动吧，我们要进攻长沙！"

囚犯们激动地喊："参加！""我们参加！"

客厅。疾步走过来的绅士喜滋滋地捧来一本书，毛泽东接过来一看，是一本有磨损的线装书，不禁大喜："《孙子兵法》！"他一边翻书，一边头也不抬地对绅士挥挥手："桌上的你都拿走。"

绅士："不敢，不敢……"

潘树安喝道："装什么装，拿走！"

"是，是。"绅士急忙去捧首饰。

毛泽东一边翻书一边往外走，跟在身后的潘树安不满地嘀咕："这也太便宜那小子了！"

毛泽东："划算，划算，咱们是用黄土换黄金呢！——《孙子兵法》，兵家圣书，今天老天真是待我不薄啊！"

苏先骏和章志林走进庭院，看到毛泽东喜滋滋地翻一本书，苏先骏问："毛委员，你这是得了什么宝啦？"

毛泽东得意地举举手上的书："《孙子兵法》！"

苏先骏和章志林对望了一眼，都有点诧异。

章志林："毛委员，你还要看这个？"

"要看，"毛泽东瞅了他俩和潘树安一眼，"我不像你们——都是黄埔出身，我可是念湖南师范的，临时抱佛脚啊！嗯，情况怎么样？"

"周围十来里全部搜索过了，连个敌人的影子都没有！"苏先骏不无得意地说，"现在要马上派人去联系一团、二团和四团。"

蒸汽火车头一声长鸣，喷出浓浓黑烟。专列在阳光下奔驰。

透过车窗，映出蒋介石洋溢着自信微笑的面容，响起他的心声："我当了国民革命军总司令，半个屁股就坐上了中国头把交椅！共产党已经垮啦，再收拾掉各地军阀，天下就姓蒋了！"

宽敞的车厢里，蒋介石穿着长衫马褂靠在沙发上，手上捧着一本翻开的书。

一名彪悍的军官拿着一份报告悄悄来到沙发旁。

【字幕】国民革命军总司令部警卫司令 陈诚少将 时年29岁

他弯下腰低声说："校长，湖南急报。"

"嗯？"蒋介石合上书，放在茶几上，是一本《曾文正公文集》。

陈诚："毛泽东、卢德铭在长沙附近几个县搞起了暴乱，主力是武汉政府警卫团，还有几千农民，扬言要攻占长沙。"

"卢德铭？"蒋介石自嘲地哼了一声，"又是一个背叛我的'好'学生！"

陈诚："卢德铭虽然能打，但他手下的武汉政府警卫团只是一个站岗放哨的勤务部队，没多大战斗力，那些农民更是乌合之众，就让湖南军阀唐生智去收拾吧。"

蒋介石点点头："嗯，让唐生智与毛泽东鹬蚌相争，我军先全力二次北伐，统一中国，再来坐收这渔人之利！"

"那我就命令湖南唐生智自行平乱吧。"

蒋介石又点点头。他往窗外看了一眼，站起来伸了个懒腰，冷笑一声："毛泽东，你想进长沙——哼哼，心比天高，命比纸薄啊！"说着他又活动了一下脖子、肩膀，往沙发上一靠，闭上眼睛，一会儿居然发出了鼾声。

起义部队展开战斗队形，发起冲锋。一杆红旗在队伍中夺目地高高飘扬。忽然，冲锋士兵的背后响起了密集的枪声，战士们遭遇前后夹攻，纷纷中弹倒下。红旗上出现弹孔，旗杆被打断，红旗在空中翻卷、挣扎着，不甘地慢慢飘落……

【旁白】起义部队中由土匪收编成的四团，阵前哗变，突然对一团发起攻击，一团被击溃。二团攻入浏阳后，也被反攻的敌军击溃。

三团团部。

"什么？"毛泽东大吃一惊，他望着苏先骏，"四团叛变？一团、二团被打散？"

苏先骏非常着急："我们要尽快与师部会合。"

起义军师部。余洒度、余贲民在一起研究地图，卢德铭用白绸布仔细地擦拭着一支驳壳枪。

"卢总指挥，"一个士兵出现在门口，"毛委员到了。"

卢德铭等都惊喜地站起来，大步向门口迎去。

毛泽东几个人走进来，卢德铭向毛泽东敬礼："毛委员，卢德铭向你报到！"

毛泽东激动地拉下卢德铭举在帽檐上的手，上下打量了他一番："哦，你就是卢总指挥？孙中山先生亲口提名要黄埔全体学生学习的楷模，一路北伐又打得最漂亮的虎将！真是少年英雄啊！"

卢德铭："毛委员过奖了，我和全体起义部队坚决服从你的指挥。"他接着介绍说："这是师长余洒度。"

毛泽东握住余洒度的手说："余师长，黄埔二期的！"

还没等卢德铭介绍，余贲民就兴奋地上前一步，向毛泽东敬礼："毛委员，你好！你还是我的入党介绍人呢。"

毛泽东高兴地拉着他的手："贲民啊，你也是职业军人啦！"他说着看看跟在身后的潘树安和章志林，笑着说："你们这些黄埔学生，都造蒋校长的反哪！"

卢德铭："蒋介石背叛革命，就跟我们势不两立！"

毛泽东："我们这是风云际会，看看究竟是学生厉害，还是校长厉害！不过敌人真是可恶，还没等我们摆好架子，就先搞掉我们三个团！"

卢德铭："实际上，我是把宝押在湖南农民会大规模起来响应暴动上，可惜……"说着从身上取下那支擦得锃亮的驳壳枪，双手递向毛泽东："把这支枪送给你，这是打武昌时缴获的。"

"嗯，是支好枪。"毛泽东接过枪，高兴地端详了一会儿，"不过我只是负责暴动的政治指导，专门配枪是不是有点浪费啊？"

"军情瞬息万变，"卢德铭毫不犹豫地回答，"有备无患！只是……"他看了看毛泽东缠着绷带的伤脚："潘树安，毛委员脚上有伤，这支枪由你暂时代为保管。"

潘树安一把接过枪："是，我来保管。"

毛泽东爽快地一挥手："好，请你代为保管。"他又想了想："德铭，现在怎么办？我们商量商量吧。"

浮云遮住了月亮。

一间农舍里。毛泽东和卢德铭在苦苦思量。

毛泽东看到卢德铭拿起铅笔，在地图上三个进攻长沙的红箭头中，又掉了两个，又随手把铅笔丢在地图上。

气氛极度压抑。毛泽东走到桌前，把那张地图拿在手里，横竖颠倒看了看，无奈地说："德铭，说实话，这图上除了地名以外，其他符号我还真看不懂……"

卢德铭从沉思中抬起头来："哦，这叫军事地形学。看一眼地图，山高山低、坡陡坡缓、水深水浅、路宽路窄都了然于胸，就算会用地图了。"他调侃地说："熟读唐诗三百首，不会写诗也会吟；熟读地图三百张，不会打仗也会跑。"

"真的?"毛泽东有点惊讶，"要三百张?"

"真的!"卢德铭认真地说，"你只要拿地图去实地一公尺一公尺、一公里一公里地仔细对照，把实地地形在地图上的表达形状都记住，三百张图，也就差不多了。"

毛泽东似懂非懂地点点头。

卢德铭："敌情、我情是不断变化的，只有地形是不变的，是敌我双方作战的共同基础。你以后提拔高级指挥员，一定要用会看地图的，这是选将的一个窍门。"

毛泽东沉思了一会儿："德铭，这张地图你用完了就交给我保管吧。"

"现在就归你了，"卢德铭指指自己的脑袋，"我已经把它装在这里了!"

话还没说完，余洒度急匆匆地跑进来："敌人的大部队，分左右两路，朝我们包抄过来了。"

卢德铭沉吟片刻："现在只有立即向东转移。"

毛泽东手指在地图上滑动："向东——文家市!"

卢德铭赞成地点点头。

余洒度："那不是离长沙城越来越远了吗？湖南省委要求我们会攻长沙呢！"

卢德铭："现在往长沙去？那不是冲向胜利，而是扑向地狱！毛委员，当机立断，否则就迟了。"

毛泽东想了想："德铭，你是总指挥。我支持你的决定，政治责任由我来负。"

卢德铭大声对余洒度说："立即向文家市转移，并联络一团、二团打散的人员，都到文家市集合。"

正午。灼热的太阳无情地炙烤着大地。

疲惫不堪的革命军队伍，成一路纵队，稀稀拉拉地走在路上。

毛泽东拄着树枝，在潘树安的搀扶下一跛一跛地往前走。

一个肩背三支枪，埋头行军的战士从后面吃力地走上来。

毛泽东见了笑着打招呼说："这位同志是谁呀？一人背了三支枪！"

这位战士抬起头来——是一个半大的孩子。

【字幕】寻淮洲 时年15岁

寻淮洲气呼呼地说："捡的，把枪一丢就跑路的人越来越多了！"

潘树安不满地骂了一声："这些熊兵！"

"熊兵？"寻淮洲站住脚，"兵熊熊一个，将熊熊一窝！"

潘树安大感意外，责问道："你怎么说话呢?!"

寻淮洲："怎么说话？就是毛委员、卢总指挥来了，我也这么说：将熊熊一窝！"

"住口！"潘树安大声喝道，"站在你面前的，就是毛委员！"

"毛委员？"寻淮洲上下打量了毛泽东一眼，相信了潘树安的话。他把肩上的三支枪往地上一杵："毛委员，你打过仗吗？"

"没有，"毛泽东实实在在地回答，"我只在辛亥革命时，当过六个月新军士兵，没打过仗。"

"原来是瞎指挥，怪不得我们连吃败仗！"

潘树安大怒："你再胡扯，我收拾你！"

寻淮洲不在乎地哼了一声："收拾我个小兵拉子？原来说9月16号，我们三路大军会攻长沙，今天是18号了，我们倒离长沙越来越远了。你说对瞎指挥的军官又该怎么收拾？"

"你……"潘树安气极无语。

寻淮洲："要是再吃败仗，我就找别的革命军去了。"

"这位小同志说得有道理嘛，"毛泽东笑笑，和蔼地说，"谁也不想在不会打仗的军官手下白白送死。你叫什么名字？"

寻淮洲颇感意外，他看看毛泽东："我叫寻淮洲。"

"寻淮洲！"毛泽东点点头，他记住了这个名字。

【字幕】湖南浏阳 文家市镇

一个很小的集镇，一队革命军官兵涌向这里。

吆喝声、命令声、咒骂声不时传来。开始，军人们的形象模糊不清，在耀眼的阳光下，人们只能看见一群群扑朔迷离的身影。

等军人们渐渐走近时，可以看见，他们衣衫褴褛、面容憔悴，受着饥饿的煎熬，许多人身上带着战伤。

一间简陋的农舍，余洒度坐在桌旁，面前放着一小堆煮熟的鸡蛋，他飞快地剥掉蛋壳，不停地往嘴里填送。毛泽东绕着桌子踱步。

"洒度，"毛泽东问，"你看下一步应该怎么办？"

"打浏阳，直取长沙！"余洒度毫不迟疑。

"有可能吗？"

"堡垒是最容易从内部攻破的。湖南省委不是答应在长沙城里组织五千工人暴动吗？只要我们坚决进攻长沙，里应外合，胜利是有把握的。"余洒度停了一下，"你怎么不吃呀？我是情况越紧张，胃口越好！"他把一个刚剥好的鸡蛋递给毛泽东。

毛泽东看了一眼鸡蛋，这才想起自己也是饥肠辘辘。他接过鸡蛋，一口咬掉大半个。

在另一间农舍里，毛泽东又出现在卢德铭身旁：

"德铭，你看还能打长沙吗？"

卢德铭一边飞快地擦拭着驳壳枪的零件，一边回答着："我原来是指望有几万农民起来响应暴动，一起突袭长沙。可是农民没有响应暴动，我们现在根本接近不了长沙，怎么里应外合？而且长沙敌人已有准备，即使工人举行暴动，也只是往敌人枪口上撞！"

这时，他已经把手枪装好，"哗啦哗啦"地拉了几下枪栓，熟练地背在了身上："毛委员，你的那支……情况也许会继续恶化，随时可能用上。"

"暂时不至于到那个地步吧？"

太阳已经西斜，毛泽东和章志林在一片树荫下缓步徐行。

"志林，你对我说心里话，"毛泽东词恳意切，"攻浏阳、打长沙，还有希望吗？"

章志林摇摇头。

"为什么？"

"部队损失太大，士气低沉，人心不齐。"

"但也有人认为，可以组织轻装奇袭。如果由你担任奇袭的尖兵连连长，你有把握取胜吗？"

"假如下这个命令，我坚决服从。可是，要说'把握'，"章志林站住了，激动地壮胆直言，"——我毫无把握。毛委员，你是了解我的，讲武堂、农讲所、北伐，我从未落后。个人牺牲不足道，但是拿现有这点兵力去冒险，等于送死！"

小学教室里亮起了汽灯，灯下人影憧憧。毛泽东、卢德铭、余洒度、苏先骏等人聚在一起，紧张地讨论着部队的去向。

经过多方征询和缜密思考，毛泽东已经能提出自己的见解了，他的声音平稳而坚定："《孙子兵法》说：上兵伐谋，其次伐交，其次伐兵，其下攻城。我们现在已经损失大半，怎么可能再打长沙呢？"

苏先骏嘲讽地一笑："《孙子兵法》？那是青铜器时代的老古董啦！"

"对！"余洒度站起来了，很激动，"这里离浏阳只有九十里，一个猛攻就能拿下来！而浏阳就是长沙的大门！中央发的小册子里面有马克思的话：革命的起义一旦爆发，就要进攻、进攻、再进攻！俄国革命就是一举攻占彼得格勒，才取得胜利的。我们怎么能不打长沙？"

"是啊，"苏先骏也随声附和着，"我们还有八百多人，加上长沙城里准备起义的五千工人，还是有取胜希望的！"

一直没有发言的卢德铭站起来，拉了一下军装，郑重其事地说："毛委员，你是中央特派员，我要向你报告这几天的真实感觉：我们是用武大郎的身板，干武二郎的活——打虎不成，反被虎伤啊！在目前情况下，只有放弃攻打长沙，撤向萍乡，才能保住这支军队。"

"我保留意见……"余洒度说着把头别到了另一边。

火光冲天，映红了半个镇子。

潘树安一手提着大刀，一手举着火把，带着一群士兵，放火焚烧县衙门的牢房。

火光映照下，一个士兵用扫帚蘸着石灰水在墙上刷下标语：

"杀！杀！杀！杀尽土豪！"

"烧！烧！烧！烧光劣绅！"

赵石头提着大刀跑到潘树安身边低声耳语了几句，潘树安脸色骤变，他扔掉火把，大喊一声："走，找毛委员去！"

教室的门被推开了，情绪冲动的潘树安一步跨了进去，七八个士兵跟在他的身后。

前敌委员会委员们惊诧地打量着他们。

"毛委员，有人说你要让部队撤退，不打长沙了?!"潘树安尽量压低嗓音，但胸部却在剧烈地起伏。

"是的，"毛泽东用平缓的口气，甚至努力想流露出一点笑意，"我主张撤到萍乡去。"

"毛委员，你?!"潘树安大声吼起来，"马日事变后，十万农军围攻长沙，陈独秀硬要我们撤退，结果血流遍地！现在，你不是和陈独秀一样了吗?!"由于激愤，他浑身打着哆嗦。

毛泽东变了脸色："树安，陈独秀要农军解甲归田，任人宰割。我说撤退，是到萍乡城里喘一口气，磨一下刀，然后见机行事——这和陈独秀一样吗?"

潘树安：“说得好听，实质还不是一样要逃跑吗？”

毛泽东努力克制自己：“树安，我知道你报仇心切，君子报仇十年不晚……”

潘树安：“我不是君子，我是小人报仇，只争朝夕！”

“住口！”卢德铭厉声喝道，“打仗历来有进有退，你们连这点常识都不懂吗?!”

一个士兵大声嚷嚷：“说得漂亮，撤退了，军官可以走南闯北，我们种田的还不都成了土豪劣绅的刀下鬼？”

潘树安仍然气愤难平：“我们一旦撤退，几千弟兄的血不是白流了吗？”

“谁出卖弟兄们，我们绝不答应！”几个战士举着手里的刀枪高声嚷嚷着。

“同志们，”毛泽东朝战士们跨前一步，“长沙好不好？当然好。弟兄们有的想到那里杀土豪、杀军阀报仇，有的想同亲人团聚，我也一心想去省衙门掌印把子。可是，我们付出了三千多人的代价，连平江、浏阳都没有打下来，怎么打得下长沙呢？”他越说越激动，“仗没有打好，我问心有愧。现在伤员成堆、弹药缺乏，群众因为害怕，没有响应暴动。再打下去，势必连这八百人也要全部葬送！如果那样，我毛泽东就更对不起革命，对不起死去的弟兄，对不起你们啊！”

战士们看着他，无言以对，呆呆地站着不动。

沉默有顷，潘树安一转身，大刀“咣当”从手中掉落：“三千弟兄啊！”他悲怆地大喊了一声，蹲到地上，捂脸痛哭。

其他战士也一个个难过地、无可奈何地低下了头，有人跟着啜泣起来。

毛泽东没有上前安慰他们，而是扭过脸去——他自己也心潮汹涌，禁不住两眼湿润了。

浮云在夜空中飞快地飘移。

从浏阳通往文家市的大道上，大批国民党军队在快速行军。

【字幕】长沙守备军一师师长　张国平少将

月光下，策马而行的张国平挥了挥马鞭，士兵们立刻开始跑步。沉闷而有节奏的脚步声撼动了原野。

前委会议还没有结束，大家坐在黑暗中不吭声。苏先骏拧了拧汽灯，屋子里立刻明亮起来。

毛泽东疲惫地站在屋子一角："如果我们再拖延，敌人就要来取消我们的表决权了！现在我提议：同意向萍乡撤退的举手——"

他首先举起了手，几乎同时，卢德铭也果断地举起手。苏先骏看看他俩又看看余洒度，踌躇再三，终于跟着举起手来。唯独余洒度，固执地坐着不动。毛泽东朝他看了看。带头朝屋外走去。

小学校的围墙有个缺口，几个衣服破旧的孩子站在缺口处，好奇地向学校的操场上张望。操场上坐着无精打采的起义军队伍。

【字幕】 胡耀邦 时年12岁

杨勇 时年14岁

毛泽东望着七零八落、席地而坐的战士们，往前走了两步。脚伤使他皱了皱眉头。随即就抖擞精神，走到队伍中间笑呵呵地说："同志们，虽然暴动失败了，但我们可都是立下了大功劳。"

听到这话，胡耀邦和杨勇不由对视一眼，都流露出困惑的目光。果然，队伍中没人信毛泽东的话，有的士兵抬头朝毛泽东看了看，又垂下脑袋，人群中还响起一个不紧不慢的挖苦声："脸皮真厚。"毛泽东仍然笑呵呵地说："自从盘古开天地，三皇五帝到如今，是我们第一次打出了共产党领导的人民军队的旗帜，这就像把一颗火种丢在铺满干柴的中国大地上！哈哈，不是我吹牛，我们这些人的功劳，不在大禹治水之下！"

胡耀邦和杨勇闻言惊讶地瞪大了眼睛。

这话引起了疲惫不堪的士兵的注意，不少人挺起了身子瞅着毛泽东，脸上露出了一丝笑意。

毛泽东继续比画着："石头虽小，但能打破大水缸。我们现在这八百人就是一块小石头，终有一天会打破蒋介石这口大水缸！对不对？"

"对！"战士们笑起来，不少人高声应道，余洒度没笑。

胡耀邦埋头想想，很受启发，不由捅捅杨勇，朝他举了举小拳头："我们也要做小石头！"

月光下。一个国民党士兵从正在跑步的队列中，溜到路旁的一棵大树下，解开裤带小便。

队伍走远了些。

大树忽然晃动了一下，绿叶遮蔽的树杈上跳下一个人来，猛地将这个士兵扑倒。几乎同时，路边又钻出几个大汉，很快地把士兵架走了，最后一个撤走的人，机警地向周围扫了一眼——这是潘树安。

一张地图平摊在桌上——革命军行动"箭头"由文家市指向萍乡。毛泽东、卢德铭与余洒度围着地图研究这条行军路线是否可行。被俘的敌兵耷拉着头站在一旁。

"你没有说谎吧？"卢德铭问俘虏，目光严峻。

"句句是实话！"俘虏抬起泪汪汪的眼睛，"我们长官还说，活捉毛泽东赏大洋一千，活捉卢德铭、余洒度赏大洋八十……"

"妈的，你们长官也太小气了一点吧！"余洒度眉头一皱，挥挥手，"带下去！"

潘树安把俘虏押走了。

"既然如此，"毛泽东凝视着地图，"我看，我们只能绕过萍乡，撤向莲花。"

"莲花？到那穷乡僻壤去干什么？"余洒度十分不满。

"张国平财大气粗，我们惹不起就只好躲喽。"毛泽东说。

"如果他一直紧追不放呢——躲到哪里是个头？"

毛泽东仍然凝视着地图，沉思片刻，用手指按住地图，沿着罗霄山脉画出一条直线，直达湘南，他抬起头说："如果他们继续追击，我们就干脆沿着罗霄山脉，撤到湘南去，那里靠近广东，可以同南昌起义的部队相呼应。"

【字幕】南昌起义部队到达广东梅州

山坡上弥漫着炮弹爆炸过后的浓烟。浓烟的缝隙中露出两个人影。

【字幕】中共中央政治局临时常务委员会委员、中共前敌委员会书记 周恩来 时年29岁

【字幕】南昌起义委员会委员、第九军军长 朱德 时年41岁

浓烟渐渐散去，周恩来和朱德迎面走来。两人身穿北伐军军装，足蹬草鞋，打着绑腿，领口系着一个红布条，满身尘土，脸上沾着汗泥。

周恩来望着远处的硝烟："看来不挡住敌人的追兵，主力是无法到潮汕立足了。"

朱德伸手指了指："这三河坝'一山扼三江'，是不错的阻击阵地。"

周恩来："这个任务就交给你，怎么样？"

朱德："我求之不得。只是我这个军长，手头没有几个

兵……"

周恩来略一思索："我安排叶挺军长拨三千人马归你指挥。在三河坝阻击三天三夜，行不行？"

朱德十分高兴："能指挥铁军，这是我的莫大光荣！"

周恩来："完成任务后，你们立即来追赶主力，然后把这三千人马归还叶军长建制。"

朱德庄重地向周恩来敬一个军礼："坚决执行命令！"

【字幕】江西萍乡

国民党城防司令部作战室。一幅描绘精致、大比例的军事地图挂在墙上。张国平站在图前，用指示棒在图上指指戳戳，对军官们说："毛泽东进攻无能，撤退倒蛮里手。他改道芦溪直趋莲花。不过他们饿着肚子，又抬着伤员，比乌龟爬也快不了多少。我们轻装疾行，赶到芦溪预先设下埋伏，打他个全军覆没！"

热风阵阵，尘土弥漫。革命军改换方向，取道芦溪。

饱受了战斗、酷热、不眠之夜和长途跋涉折磨的官兵们，排着稀稀拉拉的一路纵队，疲惫地、缓缓地沿着袁河穿越山岭。

几十副担架在队列中晃晃悠悠地前进着。抬担架的战士们个个大汗淋漓，像从水里捞出来的一样，嘴唇上裂开深深的口子，肩头被抬杆磨破，鲜血浸透了军装。

毛泽东满脸热汗，几根长发被汗水沾在脸上。他敞开军上装，挂着一根树枝，和卢德铭并肩走在一起。

毛泽东看看虽然汗流满面、上衣湿透，但依旧军容严整的卢德铭，不由得感叹道："我真羡慕你们这些行伍出身的同志，百无一用是书生啊！"

卢德铭微笑着看了他一眼："未必哟，诸葛亮、刘伯温，哪个不是摇羽毛扇的书生？书生杀敌不用刀！"

"哦？"毛泽东很不以为然，"那可是上千年才出一个的人物……"

卢德铭正色道："毛委员，我读过你不少文章，感到你很有见地，很有魄力。以你的悟性，多打几仗，也许日后就是一个摇摇羽毛扇，令樯橹灰飞烟灭的人物。"

毛泽东撩起军装下摆扇着风，不在意地哈哈大笑："德铭，你可是给我画了一个好大的空心大饼！"

卢德铭也笑了："真的，我有预感啊。"

队伍进山了。卢德铭一边走，一边向四处张望，四处的山林静悄悄的。

卢德铭警惕起来。他越走越慢，最后停下来，对毛泽东说："我感觉不对，这么大个山林，怎么连一只飞鸟也没有？很可能敌人事先有埋伏……"

他的话音未落，空中掠过炮弹的呼啸声。随即，机枪像刮风一样扫射过来，头顶上也骤然响起了尖厉刺耳的炮弹声。

"当心！"卢德铭大叫一声，猛扑过来，把毛泽东推倒在地并压在他的身上。

一颗炮弹在附近爆炸，烟雾腾腾，溅起的泥土稀里哗啦地落在卢德铭和毛泽东的身上。

"毛委员、卢总指挥！"随着喊声，一个人猫着腰，紧张地跑过来。

【字幕】 营长 陈昊 时年20多岁

陈昊急急忙忙来拉卢德铭，卢德铭戴的大檐帽被气浪冲飞了，他使劲爬起来，又和陈昊一起把毛泽东拉了起来。毛泽东刚一站起来，就疼得龇牙咧嘴，几乎又蹲了下去——鲜红的血液从他的脚面上渗透出来，旧伤更重了。他扶着卢德铭，用受伤的脚往地面探了探，疼得直皱眉头。

卢德铭："毛委员，你怎么样？"

"呵呵，"毛泽东看看自己的脚，又看看不远处的炮弹坑，自我解嘲地笑笑，吐了两口嘴里的泥土，"离心脏远着呢。刚才要不是你反应快，我就交待了。"

卢德铭："毛委员，听到头顶上炮弹尖叫，要立刻卧倒，可不能傻站着！"

"哦哦。"毛泽东连连点头。

山头上扫过来的机枪子弹，把泥土打得噗噗直冒烟。炮弹在不远处接二连三爆炸。头顶上又响起了炮弹尖锐的呼叫。

卢德铭和毛泽东、陈昊急忙一起滚到边上的一个沟里。

炮弹在附近爆炸，硝烟散去，地面上出现了几个大口径的弹坑，弹坑附近躺着十几具革命军战士横七竖八的尸体。

卢德铭急了："毛委员，你赶快向南突围，我带一连去接应三团！"

毛泽东："不，中央要我们两个负责起义，我要和你在一起！"

"不！"卢德铭不容分说，"我们两个至少要活一个，才能保存这支队伍。你是对秋收暴动负全责的中央干部，必须活下来。"

陈昊："总指挥，还是我去吧？"

"不，三团不一定听你的，还是我留下。"卢德铭叮嘱毛泽东，"陈昊是黄埔一期的，共产党员，很会打仗，你快跟他走，快！陈昊，你一定要保证毛委员的安全！"

附近的枪声越来越紧，毛泽东仍在踌躇，陈昊不由分说，背起毛泽东就走。毛泽东身不由己，对卢德铭喊道："德铭，小心，打仗还要靠你呢！"

袁河上游的出山口子，两岸悬崖陡峭，河中水流湍急。卢德铭指挥一连占据了一座小山丘，向追击的敌军猛烈射击。

小山丘下。三团官兵和担架队疾速前进，通过一块开阔地，敌人的子弹在他们身前脚后溅起阵阵尘土，有人中弹倒下了。

山坡小路上，陈昊背着毛泽东拼命地跑，子弹在他们头上嗖嗖作响。

卢德铭指挥战士们向敌军打排枪。

远处，张国平用望远镜朝对面的小山包看了一会儿，吩咐手下道："他们已经没子弹了，抓住一个活的，赏五十块大洋！"

几百名国民党士兵吼叫着，乱哄哄地往上冲。

小山丘上，卢德铭和二十几个战士个个军装褴褛，血迹斑斑。

卢德铭："枪是革命的武器，不能留给敌人！"

他将手里的步枪往石头上使劲一砸，步枪断成了两截，然后抄起了插在地上的一把大刀。战士们也纷纷砸断了手中的步枪，拿起大刀。

卢德铭朝冲过来的敌军望了一眼："战友们，这是我们为信仰的最后一战了，大家后不后悔？"

"不后悔！"战士们大声回答。

"好，"卢德铭放声一笑，"杀一个够本，杀两个赚一个！我们多杀死一个敌人，革命胜利就近了一步！"

"革命胜利万岁！"一个战士带头高呼。"革命胜利万岁！"战士们全体高呼。

卢德铭看了看冲到近前的敌军，大吼一声："杀！"带头挥刀冲了上去。

刀光翻飞，血花四溅，战士们和敌军展开了殊死的肉搏战……

卢德铭一刀砍翻了面前的一个敌兵。另一个敌兵举刀猛砍过来，卢德铭挥刀一迎，砰的一声，两把刀都脱手而出。敌兵徒手扑上来，卢德铭飞起一脚，将他踢开。一个敌兵从背后扑上来，卢德铭一个背摔，敌兵从头顶上飞了出去。又一个敌兵趁机从背后拦腰抱住了他，两人扭打在一起，这个死死抱住卢德铭的敌兵，露出得意的狞笑，高喊："抓活的，抓活的!"

他的喊声立即引来了几个端着刺刀的敌兵，都狞笑着冲到了卢德铭面前，七嘴八舌地嚷嚷："抓活的，抓活的……"

卢德铭挣扎着捡起了地上的大刀，奋力向当面的敌兵猛扑过去。这个敌兵大惊，慌忙后退时被绊倒了。随即，他手中的枪响了，子弹穿过卢德铭的前胸，并射穿了抱着他的敌兵的后背，血花飞溅。这个死抱着卢德铭的敌兵露出不可思议的神色，渐渐松开双手，仰倒在地。卢德铭踉跄着往前挣扎了两步，又在那个倒在面前开枪的敌兵惊恐的注视下，狠狠地一刀扎下去，血水飙射出来!

卢德铭年轻英俊的脸上露出了得意的笑容，他喃喃地说："毛委员，不能打长沙……"便慢慢地倒了下去……

陈昊继续背着毛泽东猛跑。他大口喘着粗气，满脸豆大的汗珠。

毛泽东喊："让我自己走……"

陈昊没理他，挣命地往前跑，直到看到前面队伍的尾巴时，才大喊一声："毛委员在这儿……"便两眼一翻，重重地一头栽倒在地，口吐白沫，不省人事……

夜。山间土路上，突围出来的革命军打着火把在行军。

毛泽东和余洒度、苏先骏等人忧郁地走在队伍里，火光在他们脸上跳跃。他们边走边不停地用毛巾、帽子驱赶着身边成群的蚊虫，手掌在脸上、手臂上"啪啪"地拍打着。

有人从远处跑来，毛泽东迎上去，潘树安心情沉重地出现在他面前。毛泽东一看他的表情，就知道他带来了不幸的消息。

"卢总指挥牺牲了。"潘树安轻声地说。

毛泽东紧紧攥起了拳头，他面朝北方，深深地低下头，泪水涌出眼眶。他用拳头拭去泪珠，缓缓地转过身来："树安，把那支枪给我——"

潘树安脸上闪过一丝困惑，但迅速明白过来。他把卢德铭赠送的一直妥加保管的驳壳枪，从身上取下来，递给毛泽东。

毛泽东双手接过枪，轻轻抚摸着乌亮的枪身，退下空弹匣，换上装满子弹的弹匣，哗啦一拉枪栓，子弹上膛，然后把它斜挎在身上。他的目光冰冷，一个复仇的声音在他心里响起："还我卢德铭，还我总指挥!"

黎明。疲乏、稀松的行军行列，又出现在大道上。

毛泽东和士兵们在一起，他从前面战士手中接过一壶水，喝了一口，又传给身后的余洒度。余洒度对着队伍招呼了一声："休息。"拿着水壶一屁股坐在地上，张开大口，咕嘟咕嘟地畅饮起来。

"师长——毛委员——"身后传来焦急的喊声。

毛泽东和余洒度一起回头，背着药箱的卫生员气喘吁吁地从后面跑来。

"什么事?"毛泽东走出队列迎着卫生员，话刚出口就已经发现了问题。

原来是跟着队伍的担架队，现在与队伍拉开了很长的距离，而且担架都放在地上。抬担架的战士有的坐着，有的蹲着——停止前进了。

毛泽东撑着树枝，和余洒度向担架队走去。

"抬担架的同志实在太累了!"卫生员说着，急得泪水在眼眶里直打转。

担架员们和尚能保持清醒的伤员们，眼睁睁地看着毛泽东和余洒度来到面前，不知将被如何处置。

"我们流血拼命，现在倒成了累赘，想把我们甩在路上了!"一个伤员伤感地发着牢骚。"甩吧、甩吧，负了伤就甩掉，看看往后谁还肯卖命打仗!"另一个伤员愤怒地捶着担架。

毛泽东思索片刻："余师长，看来每副担架四个人还抬不赢，是不是再抽一百名战士，每副六个人?"

"当然，只有这样了。"余洒度耸耸肩。

"那你马上安排一下吧。"

"总共八百人的队伍，三百人抬担架！"余洒度一边转身离去，一边嘀咕着，"这也是'石头'吗？烂泥巴团吧！"

毛泽东听着他的话，不觉皱起了眉头，刚想开口说几句，又叹息了一声把话咽了下去。余洒度的话不无道理，他转向伤员和担架队，准备安慰他们一番。

"毛委员，师长！"一个青年军官匆匆忙忙地跑到面前。

【字幕】连长 张宗逊 时年19岁

"刚才——"个子高高的张宗逊喘着粗气，额头上滚下一颗颗汗珠，表情十分焦急，"刚才发现尖兵班集体开了小差，枪全部丢在路上。我是不是带人去追？"

毛泽东和张宗逊来到大路的一个急转弯处，后面队伍的视线被树丛遮拦住，看不见这里。尖兵班丢下的七八支枪，整齐地排列在路边，空无人影。

毛泽东："你事先没有发现征兆吗？"

"现在逃跑的越来越多，"张宗逊气愤地说，"有人公开议论出路、去向，有人一声不吭，可走着走着就钻到林子里不见了。"

"你们连开小差的一共有多少？"

"从文家市到现在，不包括这个班，一共十九名，其中三名军官。"

"人各有志，不能勉强！"毛泽东眉头紧皱，过了一会儿，突然问道："你为什么不走？"

"我？"张宗逊一愣，但随即认真地回答，"我有信仰。"

"你是共产党员？"

"是的。"

"你为什么不想办法说服这些弟兄，把全连紧紧拢在一起呢？"

"这么混乱的队伍，我单枪匹马应付不了。"张宗逊诚实地说。

"噢。"毛泽东点点头，"你是哪里人？"

张宗逊："陕西渭南人。"

"哦，你和姜太公是老乡啊，姜太公钓鱼在渭水嘛！"

这时林子边上走来了一排人。毛泽东一看带队的军官，就大声喊："罗荣桓！"

【字幕】连党代表 罗荣桓 时年25岁

"到！"

罗荣桓跑过来敬了个礼："毛委员！"

毛泽东："你带几个人把这些枪背走……等一等，你们连跑了多少人？"

罗荣桓扶了扶眼镜："毛委员，我没有做好工作，已经跑了五个了。"

毛泽东有点儿惊讶："才跑了五个？有的连队几乎都跑光了！你本事不小，是怎么弄的？"

罗荣桓："也没什么，我们连队有四个党员，大家一起做工作，就把想跑的战士劝住了。"

"噢，"毛泽东看看张宗逊，"你们连就你一个党员，"又看看罗荣桓，"你们连有四个党员。"他好像明白了什么，又问道："你们俩都是北伐军警卫团的，叶挺独立团有多少共产党员啊？"

张宗逊想了想："好像连以上干部大多数是共产党员。"

罗荣桓："听说最多的时候百分之八十的干部都是共产党员。"

毛泽东若有所思地点点头："怪不得叫铁军呢……"

毛泽东拄着树枝一边走一边沉思。

"站住！"一声吆喝传来，毛泽东扭头一看。

两个士兵出现在拐弯处，其中一个背着枪，踏上了田间路，匆匆忙忙地往前赶。后面的士兵——寻淮洲在路边大声喊着："你再仔细想想，回去乡亲们不笑话吗？"

毛泽东认出了寻淮洲，他在劝阻前面那个想开小差的士兵。

开小差的人回转身来："当兵吃粮拿饷，养家糊口，天经地义。现在不要说没有饷钱，连饭也吃不上了，还等着饿死吗？"说完头也不回，越走越快。

"你等等！"寻淮洲急了，拔腿朝他追去。

开小差的人听到脚步声，猛地一转身，举枪对着寻淮洲：

"你再追！"

寻淮洲一愣，从对方的眼神可以看出，他是铁了心要离队的。

"好吧，既然你铁了心，"寻淮洲站住，"大路朝天，你我各走半边，从今一刀两断。不过，枪不能带走——这是革命的武器。"

开小差的听到这里脸红了，他犹豫了一阵，最后把枪往地上一放，转身飞快地跑了。

"寻淮洲！"毛泽东喊了一声。寻淮洲惊讶地转过脸，看见毛泽东，不好意思地涨红了脸。

"小寻不简单嘛，又保住了一支枪！"毛泽东走近他，赞许地说。

"呸！这些孬种！"寻淮洲朝着那个逃兵离去的方向，啐了一口。

"你不是说，要找别人领导的队伍去吗？"毛泽东笑道。

"是呀，可如今上哪儿去找啊？"寻淮洲也笑了。

"那你为什么不像他一样——"毛泽东用下巴指指逃兵的方向，"另谋生路？"

"另谋生路？"寻淮洲收敛了笑容，"我在家搞学生运动，除了革命还能有什么生路？"他把枪捡起来往背上一挎，转身就要走。

"等等。"毛泽东一抬手，寻淮洲站住了。

"你是共产党员吗？"毛泽东期待地问。

"不是。"寻淮洲说完，踏上了大道。

队伍继续缓缓前进，毛泽东默默无言地走在士兵的中间。

"混蛋！出列——"有人大声吼道。众人纷纷惊讶地循声望去，只见赵石头怒气冲冲，两手叉腰站在路边，一名士兵战战兢兢地从队列中走出。

"立正！"赵石头下令，士兵马上站得笔直。赵石头抡起手掌，用力往士兵脸上打去，边打边数："一、二、三、四……"

士兵被打得身体直晃，但仍然咬紧牙关挺着。其他士兵不忍目睹，低头匆匆而行。

"三排长！"章志林从后面赶上来，"不许打人！"

"嗯？"赵石头瞅瞅章志林，手停在半空中，"这小子不执行命令！"

"可以讲道理嘛。"章志林委婉地说，"弟兄们都是出来革命的嘛！"

"铁不打不成钉，男不打不成兵！"赵石头仍不服气。

"这么说，你是铁匠喽？把士兵当铁打？"毛泽东在一边插话。

赵石头反驳说："我当兵那会儿，排长一天打我三回。我不也当排长了？"

陈昊走过来："毛委员说得对，'爱兵如子'你没听说过吗？"

赵石头低头无语，被打的士兵和旁边的士兵都对陈昊投来感激的目光。

觥筹交错，笑语阵阵。萍乡的联防司令部大厅里，摆下了"庆祝清共胜利"的酒宴。席上军官、士绅和太太、小姐们频频举杯。

"毛泽东虽侥幸逃脱，但元气尽伤。这全仗张师长指挥有方！"一个绅士点头哈腰地恭维首席的张国平。

"哎哟！岂止是指挥有方，这叫作……"一个珠光宝气、妩媚风骚的太太，朝张国平抛了个媚眼，装腔作势地用手中扇子的尖端捂着嘴唇，"这叫作用兵如神！"

"对、对，用兵如神！"绅士们随声附和着。

一个参谋匆匆走到张国平身边，交给他一份电报，说："共匪残部正窜往罗霄山区的永新三湾一带。"

一个秃顶的老年绅士咬牙切齿地："一不做，二不休，请长官赶快杀光这伙穷寇！"

一个军官扬扬得意地晃晃手里的酒杯："那还用说！"

"诸位，"张国平站起来，扬扬电报，"唐总司令来电：毛泽东已不足为虑，而蒋介石已逼近武汉，这头恶狼要来抢地盘啦！命令我部准备与蒋介石开战！剿灭毛泽东的功劳嘛，就留给各县民团了。"

连绵起伏、气势雄伟的罗霄山脉。

山区边缘露出一座几十户人家的村庄，炊烟袅袅升起。远远望去，革命军的红旗渐渐移进绿荫怀抱的山区——永新县三湾。

【字幕】 江西永新 三湾村

村口一株水缸般粗的大树，枝繁叶茂。毛泽东和余洒度、陈昊、章志林等人站在树下，默默地注视着依次从他们面前走过的队列——疲倦的战士，长长的、令人感到压抑的担架队，一步三晃、喊里哐啷的伙食挑子。

等队伍全部进了村里，余洒度长长地吐了一口气："谢天谢地，总算有了一个喘气的机会。"

"这要谢谢蒋介石，他牵制了唐生智、张国平。"章志林说。

"鹬蚌相争，渔翁得利。军阀一打起来就顾不上我们了……"毛泽东凝思了一会儿，"这个现象值得仔细研究，也许带有规律性……"

村里有一家小小的杂货店，就在店面狭长的柜台旁边，前委委员们又一次举行了会议。

"现在既然不能号称为师，那就改称为团吧。按照团的编制来安排军官，这是第一。"毛泽东扳着手指，"第二，现在要往每个连队至少派一名党员，要大力发展党员，党的支部要建到连上……"

"这有什么意义？"余洒度不以为然地打断他。

"一个好汉三个帮，一个篱笆三根桩。光靠我们几个抓不住部队，要在每个连队都打下几根桩子。"

"行、行，"苏先骏敷衍着，"你是政治家，这一点由你决定吧。"

"第三，"毛泽东继续扳着手指，"要建立士兵委员会，伙食费用公开，禁止打骂士兵……"

"又是政治这一套！"余洒度颇不耐烦。

"自从盘古开天地，就少不了政治这一套。"毛泽东微微一笑，"现在先说说，这个团的军官怎么配备？"

"我看，现在最大的问题是部队向何处去，"余洒度慢吞吞地说，"这个问题不解决，整编也无济于事。"

村头。一个农民打扮的汉子，全身紧贴墙角，眼睛闪着狡黠的目光。他慢慢伸出头去，窥视前方。

章志林带领几个战士，把"打倒土豪劣绅！""打倒蒋介石！""中国共产党万岁！"等标语贴在沿街的墙上，这些标语的落款都是"中国工农革命军第一师"。

等章志林等人一离开，"农民"从墙角里慢悠悠地走出，似乎若无其事地来到标语旁边。他趁左右无人，敏捷地把几条糨糊未干的标语揭下，揣在怀里。接着，人影就消失了。

柜台旁边，毛泽东苦口婆心："军中不可一日无将，越是情况复杂，就越是要有坚强的指挥。"

余洒度和苏先骏交换了一个眼色，然后对毛泽东说："当初我是反对南撤的。如今兵折将损，南昌起义的部队又杳无音信，现在是盲人骑瞎马，夜半临深池——我不能负这个责任！"

"是啊，"苏先骏说，"前途艰险莫测，连余师长都不能预料，我……我更是力不从心。"

毛泽东用审视的眼光看了他们几眼，勃然大怒："你们要撂挑子？我就不信'死了张屠夫，要吃混毛猪'！"他大步走出门外，随手用力砰的一下甩了门。

余洒度和苏先骏都为之一震，两人面面相觑。

村口大树下。毛泽东和陈昊边走边谈。

毛泽东："我们原来的五千人，只剩下七百多，卢总指挥牺牲了，现在是官多兵少，枪比人多，你看怎么办？"

陈昊叹了口气："那就只有缩编了，师改为团。"

毛泽东："你和我想到一块去了，你来当这个团长怎么样？"

"我？"陈昊有些意外，想了一下，"革命就是我的命，毛委员信得过我，我就干。日后无论是打浏阳还是打长沙，绝不给你丢脸！"

毛泽东满意地点点头，走了几步又随口问道："男大当婚，你怎么没说个老婆？"

"唉，"陈昊叹了口气，"这几天你也看到了，军人上战场，今日不知明日事。有了老婆孩子，自己死了不要紧，孤儿寡母可怎么活？我在北伐军有两个战友牺牲了，老婆养不活孩子，只好改嫁，后爹对孩子不是打就是骂，四五岁的孩子，瘦得三根筋挑着一个头，成天在街上捡菜皮，活得像条狗。"

毛泽东听了一脸惆怅，叹了口气："唉，我老婆带着三个儿子，也不知道怎么样了。"

"那就早点打回长沙去！"陈昊看着毛泽东愁眉苦脸的样子，"毛委员，我们说点快活话：我也不是没碰过女人，遇到看得上眼的，她情我愿，我掏现钱，当场解决，不留后患……嘿嘿。"

看到毛泽东听得发怔，陈昊不以为意地笑了："不要说历朝历代的军队，就是在北伐军里，这也是家常便饭。"

毛泽东似乎有点后悔让陈昊当团长了，他想了想说："陈昊，你要当团长啦，要讲'卫生'啊。我们是革命军队，你是新司令，可要给大家做好榜样。"

"前委决定在三湾改编部队。全师缩为一个团，就叫中国工农革命军第一师第一团。实际是两个营，外加一个特务连。"毛泽东在一间茅屋里，面前坐着陈昊等十多名军官，他站起来，推心置腹地说，"中央派我来领导暴动。我想自己不会指挥，有人会指挥就行了。可是卢总指挥也牺牲了。我要不挑战一下这个指挥的重任，不但对不起大家，也对不起我自己了。好在这一路上，我已经和大家交了朋友，现在把你们请来是为了'拜将'，如果你们信得过我，就和我一起把这支队伍撑起来，带下去！"

"毛委员，我们要是有二心早就走了。只要是革命，我们就跟你干到底！"章志林站了起来。

"对，你就说吧！"其他军官一起嚷道。

毛泽东激动地看着大家，略一停顿，说："我提议由陈昊担任团长，徐恕担任副团长，韩昌剑担任参谋长，员一民任一营第一连连长，宛希先任一营党代表！"

随着他点名，军官们一一起立。

毛泽东继续说："章志林任三营营长，何挺颖任党代表，潘树安任副营长。曾士峨任特务连连长，罗荣桓任党代表，张宗逊任副连长。"

【字幕】广东梅州 三河坝 南昌起义阻击部队

阻击阵地上。战士又打退了敌人的一次冲锋，在战壕里擦拭枪支，替伤员包扎伤口。

朱德猫着腰，从山坡后面跑过来。他跳进战壕，沿着战壕跑到一个军官身边，伏在壕沿上往阵地前面看去，到处都是弹坑和尸体。

【字幕】营长 蔡晴川 时年24岁

蔡营长用驳壳枪顶了顶帽檐，对身旁的朱德说："军长，打了三天三夜，任务完成了。"

朱德点点头："蔡营长，你们营留下来掩护大部队撤退，太阳落山时归队。"

蔡营长大声回答："是！"

【字幕】蔡晴川营为掩护主力撤退，战至全部壮烈牺牲。

南下的队伍气喘吁吁地走在山脚土路上。朱德肩扛一挺机枪，走在队列中。

突然，前面的队伍大乱，战士们纷纷转身，满脸惊慌，像潮水般往后涌。

朱德大惊。他把机枪往身边的战士手上一塞，抽出驳壳枪，一手拨开人群，向前挤去。没走几步，人群就把几个军装褴褛的战士拥到了他的面前。

【字幕】班长 粟裕 时年20岁

粟裕难过地说：“朱军长，我们总算找到你们了！大部队被打散了……”他的眼角忍不住流出了眼泪。

朱德简直怀疑自己的耳朵，还没来得及发问，跟粟裕一起来的另一个战士就号啕大哭：“主力在汤坑、流沙全军覆没了！”

大家都惊呆了。

朱德怔了半晌，问粟裕：“周恩来书记呢？”

粟裕：“听说他生病发高烧，昏过去了，后来就不知道了。”

“贺龙总指挥呢？叶挺军长呢？”

粟裕和几个跑回来的战士都默默摇头。

大家面面相觑，满脸惊慌。

人群里有人喊起来：“主力都没了，我们散了吧！”

“对！”“早散早好！”“革命失败了！”

一时间人心惶惶，队伍里充满了悲观论调。

【字幕】连长 林彪 时年20岁

身材瘦削的林彪激动地对旁人说："两边的敌人正在压过来，这里不是久留之地。我们穿便衣走，到上海去再搞！"

【字幕】团指导员 陈毅 时年26岁

陈毅体格壮实，他立即反驳道："我在队伍中，手中有枪，可以杀反动派，离开队伍就是反动派杀我了，我不走！"

大家都惊疑不定地互相瞅瞅，开始有三三两两的人离开队伍，有的还边走边扔掉军帽、脱掉军装。

朱德略一思索，把驳壳枪往枪套里一插，双手分开人群，几个大步跨到路边的一块大石头上，朝队伍喊道："同志们，弟兄们，想走的可以走，不勉强。我朱德绝不走！愿意留下的就跟我一起干，我一定有办法！俄国的1905年革命失败了，但是1917年革命就成功了。我们中国共产党人一定会迎来自己的1917年！"

他铿锵有力的话语吸引了大家的注意力，有些离开队伍的人，又扭过身来看着他，甚至开始往回走。

朱德："我们是威震天下的铁军啊！老百姓为什么叫我们铁军？因为：铁军——铁！这是我们的战友用鲜血和生命换来的荣光！我们不能玷污它！我喊口令，大家一起吼：1、2、3！"

队伍爆发出吼声："铁军——铁！铁军——铁！铁军——铁！"

吼的人越来越多，声音越来越响亮，越来越整齐，战士们的情绪越来越激昂……

朱德迈着大步，神色坚毅地走在队伍的最前面。陈毅、林彪、粟裕和战士们紧紧地跟随。队列穿过四处弥漫的硝烟，步履坚定，义无反顾地踏上了新征程。

【旁白】朱德收拢南昌起义失败后的二千二百余人。一路走一路打，三次整编，后来编成一个团，共八百余人。陈毅任团指导员，王尔琢任团参谋长，各连均由共产党员担任指导员。这支南昌起义的余部中，后来走出了人民军队近百位著名的烈士、元帅和将军！

秋收起义部队的临时医疗所里，卫生员细心地给毛泽东换了药。

"毛委员，"卫生员嘀咕着，"你这样成天走路，再换药也不会有用的。"

"是啊，"毛泽东用脚试探地碰碰地面，"可现在哪能不走路呢？"他一咬牙站起来。

"毛委员，其实很多伤员不能成天行军的。我想……"他感到自己有些唐突，停住不说了。

"你想什么呀？"毛泽东很感兴趣，"我们没有几个救命郎中，就是说错了，我也不敢把你开除了。"

"我想，"卫生员鼓起了勇气，"能不能找个地方把伤员留下来？"

"真是不谋而合！"毛泽东笑笑，马上变得严肃了，"其实不光伤员需要安顿，没有伤的人，带着这么多伤员，也没法行军打仗。不等走到湘南，自己就拖垮了。"

宁冈。步云山下的一户农家，几个人的脑袋紧紧凑在一起，他们中间放着"农民"从山下揭下来的那几张标语。

"南昌起义的部队早就下广东了，这支队伍是什么时候建立的？"其中一个年轻人十分纳闷。他扭头瞅了一眼缩在一边、愁眉苦脸的"农民"，"想起来没有，那个司令究竟叫毛什么？"

"农民"难为情地抱着头："嘿嘿，毛……毛——"他猛然双手一拍大腿，"对了，叫毛泽东！"

【字幕】共青团永新县委副书记 贺子珍 时年18岁

"毛泽东？"贺子珍惊讶地说，"湖南农运领袖？"

"不错！""农民"嚷着，"老表们说他是不穿军装的，那还不是农民！"

【字幕】农民自卫军领袖 袁文才 时年29岁

"他来这里做什么？"袁文才满脸困惑，他一手托着下巴，一手在腰间的驳壳枪上摸来摸去。

夜，杂货店里亮着光。毛泽东和新任命的营、连军官们围坐在一起，柜台上放着酒壶和花生、炒豆之类。

毛泽东亲自给人斟酒，然后举起杯子："来，我祝各位同志进步！"

军官们纷纷举杯，有快有慢地说着："感谢毛委员的信任！"众人一饮而尽。

"你们都是临危受命啊!"毛泽东离开座位,满腹心事地缓缓踱步,"过去,我看史书记载:青州黄巾军三十万人马却败在曹操几千人手里,很想不通。现在看来,他们这三十万人,大概又有伤员,又有抬伤员的,还有婆姨、娃子一大堆,比我们还糟糕……"

"所以,兵家最忌无后方作战。"张宗逊说。

"报告!"章志林带着兴奋的神情出现在门口,站在他身后的是一个叫花子般的青年。

"毛委员,"章志林指了指这个青年,"你认得他吧?"

他话还没说,"农民"就一把摘掉戴在头上的破草帽,激动地喊:"毛委员,我是宋任穷啊,我送来了省委要交给你的信。"

【字幕】原农会会长 宋任穷 时年18岁

毛泽东愣了愣,笑容满面地迎上去,刚要和宋任穷握手,宋任穷却迫不及待地弯下腰,脱下一只鞋,从鞋帮里抠出一封信,双手递上来:"毛委员,这是省委领导要我交给你的。"

毛泽东迅速阅信。阅罢,他兴奋地把信高高扬起:"天无绝人之路,伤员可以放在井冈山啦!"

深夜,农舍。毛泽东的身影被灯光映在墙上,像一幅活动的剪影。

陈昊、章志林、罗荣桓、潘树安、何长工、张宗逊几个查哨回来,凝望着窗棂,互相对视了一眼,向屋里走去。

"毛委员，还没有休息？"章志林轻轻推门，望着默默踱步的毛泽东。

"查完哨了？"毛泽东指指长凳示意他们坐下，然后照旧踱步。

章志林等坐下，看到毛泽东一脸惆怅，潘树安小心翼翼地问："是不是袁文才没有诚意？"

"不，袁文才是真心实意欢迎我们的。是我自己有些动摇了。"毛泽东摇了摇头，"伤员们上了井冈山，连吃粮都要下山去挑——革命革到了这个地步，我真是心有不甘啊！"

"只是临时安置伤员，"章志林说，"等我们有条件了，就把他们接走。"

毛泽东想了想，无可奈何地点点头："眼前还有一件最重要的事情，就是在连队发展党员，建立党支部。"

"为什么要在连队发展党员？"陈昊有点吃惊，几个部下几乎异口同声地问。

"信仰！"毛泽东胸有成竹地说，"我们的士兵基本上都是不识字的贫苦农民，他们有信玉皇大帝的，有信如来佛祖的，有信关老爷的，有信祖坟冒青烟的，还有人相信参加起义是能升官发财的。只有共产党员的信仰一致！如果我们班有党员，排有党小组，连有党支部，有共同信仰的十几个党员抱成团，就能团结全连的士兵，艰难奋战而不溃散！"

大家思索着，默默点头。

毛泽东："起义以来的教训就是：仅仅像旧式军队那样，

靠师长抓团长，团长抓营长，营长抓连长，是抓不住部队的。开始我们有五六千人，但就像手上抓了一把豆子，手一松，就全撒了！"

"我们哪来那么多党员啊？"

毛泽东："大胆发展，只要是坚决革命的，就尽快吸收入党。"

几个部下你看看我，我看看你，都露出了兴奋的神色。

"我们已经有了六个发展对象。"罗荣桓说。

"好！举行入党仪式时我亲自去。"

夜晚，祠堂的小阁楼上。章志林、何长工、罗荣桓、张宗逊等营、连干部都来到这里，站在前列的是即将宣誓的新党员。寻淮洲、陈士榘、赵石头都在其中，他们全都激动而又紧张。

靠墙一张方桌，桌上点着一盏煤油灯，桌边上压着两张下垂的长方形红纸。一张上写着入党誓词，另一张上写着三个英文字母：C.C.P.。

毛泽东走到一个瘦瘦高高的战士面前，问："陈士榘，你为什么要加入中国共产党？"

【字幕】战士 陈士榘 时年18岁

陈士榘一个立正，大声回答："为工农翻身求解放！"

毛泽东点点头，又问其他新党员："你们呢？"

大家不约而同地齐声回答："为工农翻身求解放！"

"很好！"毛泽东站在桌旁，举起握着拳头的右手，带领新党员宣誓。他说一句，新党员跟着说一句，洪亮庄严的声音在破旧的小阁楼中回荡：

"牺牲个人，服从组织，严守秘密，永不叛党！"

毛泽东放下右手，充满感情地说："同志们，在投机分子、动摇分子纷纷背叛革命、脱离党的困难时候，你们光荣地加入了共产党。我祝贺你们！我们这个党，是准备夺取全国政权、坐江山的党，千里之行，始于足下——希望你们牢记今天的誓言，从脚下、从现在做起。"

偏僻山庄。革命军布告贴在墙上，墙边放着从土豪家没收来的几大缸腊鱼腊肉。

村里的年轻人都躲开了，潘树安和寻淮洲对着几个骨瘦如柴、畏畏缩缩的老头、老婆婆做宣传工作。

"我们是工农革命军，是为穷人打天下的……"

老人们用陌生、胆怯的目光看着他，一步一步往后退去。

"这是地主老财剥削穷人的。"几个士兵捞起鱼、肉送给老人，但这些老人连连摇头，后来干脆转身离去了。只剩下潘树安、寻淮洲和士兵们难堪地站在那里。

又一个村庄。章志林、张宗逊、赵石头也向群众宣传："老表们不用害怕，我们是专打地主老财的队伍，是为工人、农民打天下的……"

"你们要去打天下，"一个中年农民壮着胆子问，"有那么多好的地方不去打，为什么跑到这穷山沟里来呢？"

章志林和战士们一时无法回答，愣住了。

毛泽东和指挥员们又聚在一起。

"看来军事上不打几个胜仗，农民不会相信我们的力量。"章志林说。

陈昊很兴奋："对，我带队去打大汾镇，多杀几个土豪，给农民壮壮胆子！"

"好。"毛泽东沉吟片刻，"那里只有地方民团，也许不敢轻举妄动。"

大汾镇土豪客厅。毛泽东、陈昊、潘树安意气风发地看着战士们送来缴获的地主浮财。几个战士把几处获得的银圆哗啦啦地倒在地上的箩筐里。

陈昊眉开眼笑地看着毛泽东："毛委员，你看这钱怎么处理？"

毛泽东："从起义到今天，大家都辛苦了，我看每人先发一块银圆，到街上慰劳慰劳自己。"

"好！"在场的人异口同声地叫好。

陈昊："军官是不是每人多发几块？军官更辛苦！"

毛泽东摇摇头："不，现在军心不稳，要特别强调官兵一致、同甘共苦，才能团结部队。"

陈昊想了想:"也好,来日方长嘛。那剩下的钱怎么办呢?"

毛泽东走了几步:"我问大家一个问题,世界上什么问题最大?"

大家面面相觑,过了一会儿七嘴八舌地答道:

"军人当然打仗问题最大!"

"打土豪分田地!"

"把被俘的同志从敌人的监狱里救出来!"

"搞枪、搞子弹!"

毛泽东:"同志们说的都有道理,不过我认为'天大地大,吃饭最大'。人是铁饭是钢嘛。要想带好兵,首先要叫当兵的吃饱饭。"

大家连连点头。

毛泽东:"我们这支部队,眼下无粮无饷,吃了上顿没下顿,现在好不容易捡了个便宜,可不能今朝有酒今朝醉,要精打细算,细水长流。"

"对!""是啊!"

毛泽东:"潘树安,你在北伐军中搞过后勤,你来当这个财政部部长……"

"我?"潘树安吃惊地指着自己的鼻子,"我那时只是分发上级下拨的物资,可现在哪来物资啊?"

"矬子里面拔将军嘛!你不干谁干啊?"

"同意!"军官们大叫,有人还带点恶作剧。

毛泽东："树安，你要从调查研究开始，看看我们这几百号人，每人每天要几钱盐、几钱油，伤兵的伙食要好一些，起码的药材、纱布要多少钱，每人做一套军装要多少钱，夫子要多少工钱。弄个计划交给大家讨论。"

潘树安皱皱眉头，朝箩筐踢了一脚："这么说，这钱也用不了几天。"

毛泽东："所以说我们军队除了打仗、打土豪筹款子这两大任务以外，还有第三大任务，就是做群众工作。"

"做群众工作？第三大任务？"陈昊颇为惊讶，"这是自古以来没有过的新鲜事。"

毛泽东："大家想一想，这周围的地主老财打光了怎么办？"

陈昊："那就往长沙、南昌打，一直打到北平、天津去。"

"这就是黄巢、李闯式的流寇主义了。他们几十万人马，带家携口，走州过府吃大户，吃完东边吃西边，吃完南边吃北边，因为没有根据地，很快就被朝廷大军剿灭了。"

人们开始沉思。

毛泽东："所以我们要做群众工作，不单打土豪分田地，还要组织群众生产：农民有田种，工人有工做，商人有钱赚，我们再合理收税，用税收养壮军队，这就叫良性循环，也是我们唯一的生存之道。"

鸦雀无声。渐渐地，大多数人眼里亮起了光芒，点头赞成。

"这多麻烦，"陈昊却不以为然，"不如打进大城市，用枪杆子顶着有钱人的脑袋，嘿嘿，要方便多了！"

黑沉沉的夜，伸手不见五指。忽然，一道闪电撕裂了夜空，照出几百个民团团丁偷偷地摸进了大汾镇。

枪声大作。遭到突然袭击的革命军战士，接二连三地倒下了。

潘树安提枪冲进毛泽东的住处："毛委员，敌人打进来了！"

毛泽东哗啦一声拉下枪栓，一口吹灭油灯，往门外冲去。

毛泽东边打边跑，黑夜中哐当一声，他绊在一个金属物体上，仔细一看，原来是连队的炊事担子。他在地上打了一个滚，卧倒在地，举枪还击。

潘树安爬到他的身边。

毛泽东："大洋呢？"

潘树安很懊丧："都丢了……"

毛泽东边向敌人开枪，边说："算了，快想办法收拢部队！"

清晨，村子外的树林中。

在大汾镇被打散的部队暂时只聚拢起不到百人，稀稀拉拉地散成几堆。有人在包扎伤口，有人躺在地上呆呆地望着蓝天。

毛泽东把自己的伤脚重新裹了一遍。

潘树安、寻淮洲、章志林等端着几瓦盆饭，走进茶树林。

"同志们，我们的炊事担子丢在镇里了，没法做饭。这是从老乡那里讨来的一点冷饭、辣椒，大家凑合着吃吧！"潘树安说着和战士们一起把饭菜放在空地上。

毛泽东和官兵们围在饭盆四周。

"筷子也丢了，怎么吃啊？"一个士兵望着饭盆，一边咽唾沫，一边为难地说。

张宗逊笑呵呵地说："别那么讲究了，新疆人请你吃'手抓饭'，那还是看得起你哩！"

"对！"毛泽东笑着搓搓手，"我们今天也来享受享受这'手抓饭'吧。谁也不要客气，先下手为强！"说罢，他第一个伸手，从盆里捧起一个饭团。

大家都和毛泽东一样狼吞虎咽地吃起了"手抓饭"。

潘树安抓起一把饭，用双手搓成圆团塞进嘴里："毛委员，当初在武汉，你没料到我们会这样吃饭吧？"

"嗯嗯。"毛泽东正把一根手指塞进嘴里，使劲吮舔着，含糊地点点头。

陈昊："你要是留在中央，恐怕就不会受这份洋罪了！"

毛泽东把手指从嘴里拿出来："我不后悔。不但不后悔，我还感到高兴。"

"高兴？"张宗逊困惑地问。

"是啊。如果现在还在武汉，恐怕怎么也想象不出武装斗争会是这般模样!"停了一会儿,他又慢悠悠地说:"不到黄河心不死,这下我可到了黄河边了。"

章志林拿着一沓报纸,急匆匆来到毛泽东身边低声说:"毛委员,侦察兵在山下小镇上搞到几张报纸,上面有南昌起义部队的消息。"

毛泽东急忙接过报纸,飞快地翻阅起来。阅罢,他的眉心拧成了一个结,埋头不语。余洒度在他身旁迫不及待地接过报纸,瞥了一眼,不由得惊呼起来:"完了!完了!"

"镇定!"毛泽东抬头,用严厉、责备的目光看他一眼,然后轻声招呼几个领导干部,"走,我们找个地方商量一下。"

林边茅屋里。苏先骏念着报纸,声音中带着颤抖:"汤坑、流沙两军鏖战,南昌暴乱之叶挺、贺龙主力被歼,仅朱德率千余人侥幸逃脱……"

苏先骏绝望地跌坐在凳子上。报纸到了陈昊、章志林、潘树安手中,他们默默地读着。

毛泽东伫立窗口,凝神沉思。良久,他把目光收回来,面对众人:"看来汝东、杜阳不能去了。现在,不仅仅是伤员,而是全部人马都要上井冈山。"

"全部上井冈山?"余洒度惊讶地嚷起来,"那岂不是成了山大王,还革什么命?!"

"我们有主义,有纲领,有办法,就叫革命的'山大王'嘛!"

"你，简直强词夺理！"在余洒度看来，毛泽东的表现已近乎荒唐，他面对大家，"同志们，我以一个老工人运动工作者的身份提醒你们，革命是以城市为中心的，依靠对象是工业无产阶级。如果上山，请问，我们将要依靠谁？"

"革命当然是以城市为中心的，"毛泽东并不示弱，"但权宜之计也属必需——当务之急，就是保存这支部队！"

"我抗议！"余洒度毫不掩饰内心的愤慨，"你独断专行，是在毁灭这支队伍！我要向省委直至中央报告！"

"哦？"毛泽东仔细盯了他一会儿，"'强迫不成买卖，捆绑不成夫妻'，你既然不愿意上山，可以回长沙去。先骏，你呢？"

"我，"苏先骏吞吞吐吐，他看了一眼一脸冷笑的余洒度，"我觉得余师长言之有理……其实，我在这里早就成了多余的……"

"我看，你和洒度可以到副官那里，各领十块银圆做路费，一同下山。回头我再派何长工同志向省委汇报这里的一切。"毛泽东用目光招呼一下陈昊、章志林、潘树安，"通知前委同志开会，把情况告诉大家。"

毛泽东在前委的会议上大声说话："暴动失败了，五千多人只剩七百多人，一个师长和四个团长全跑了。我们从攻占长沙，变成了'占山为王，落草为寇'，似乎不大光彩。但是，山下四周被敌人重兵包围，除了上山，还有什么更好的出路吗？谁有更高明的办法？说出来——大家都当参谋长嘛！"

沉默。一圈干部蹲着的、盘腿坐着的，都低头不语。

良久，一个角落里冒出潘树安嘶哑的声音："在山上干什么呢？我们也去打家劫舍吗？"

"不，我们上山是为了避免暴露目标，就像当年刘备种菜一样。现在军阀又开始混战，我们党在广东和长沙还有几千工人武装，中央一定会组织新的暴动。那时候，我们再杀下山去，长沙还是我们的。"

陈昊："干脆一不做二不休，灭了山上的土匪，把山寨给夺了！"

"不，我的想法是，送袁文才一百条枪，送王佐七十条枪，礼多人不怪！"

众人很惊讶，顿时议论纷纷。显然，反对意见不少。

陈昊很不满意："那我们革命不就少了一百七十条枪吗？"

看到多数人都同意陈昊的说法，毛泽东笑了笑："在我看来，我们非但没有少一百七十条枪，反而多了几百号人。"

"这是什么道理？""毛委员又在说笑了！"

毛泽东："袁文才和王佐都是贫苦农民出身，几年前土匪杀了袁文才爹娘，还抢了他的新媳妇，他才拉杆子上了山，'劫富济贫'。袁文才去年还从监狱里救了我们十几个党员和农会干部。他们身上是有点匪气，但本质是好的。对于这支农民军，我们把他看成是敌人，他就是敌人；看成是友军，他就是友军。心宽一尺，路宽一丈嘛！我们送他们一百七十条枪，他们就会让我们上山。过些时日，他们还会加入我们！同志们算算看，是不是我们一条枪也没有少，还多了几百号人？"

大家交头接耳，渐渐地都表示赞成。陈昊不由得露出苦笑。

"我们上山后可不能沾染吃喝嫖赌的匪气，"毛泽东严肃起来，"我宣布三大纪律：第一，行动听指挥；第二，打土豪要归公；第三，不拿群众一个红薯！大家能不能做到?"

"能!"众人情绪开始高涨。

毛泽东："我们在山上还要好好练习'齐步走'。将来进长沙时，各位昂首阔步，好让大家看看我们到底是不是'红眉毛、绿眼睛'的土匪!"

众人笑了。

毛泽东等人回到树林中，战士们全都吃好饭了，有的在擦枪，有的依然没精打采地躺在地上。

毛泽东疼爱地看着他们，走过去问道："大家休息得差不多了吧?"

"你要说声'走'，没休息好也不敢休息啊!"赵石头揶揄地说。

"那也是，"毛泽东说，"我们总不能老在这里吃'手抓饭'呀!"

战士们笑起来。

"同志们，现在我们别无出路，只能上井冈山了。大家看——"毛泽东指着主峰，"那山有多险要，一夫当关，万夫莫开，只有老鹰才上得去。我们在那里好好养精蓄锐，广东、湖南、江西——无论哪个省暴动再起，我们就立即下山。山下的同志还得承认我们这一股嘛！"

听了这话，更多的人昂起了头。

"别看我们人又少了一点，但我们手里都有这个——"他打开枪套抽出驳壳枪，熟练地轻轻掂了几下，"贺龙两把菜刀起家，后来当了军长。我们这么多人，这么多枪，一旦下山能拉两三个军。到时候大家起码是连长、营长、团长！"

战士们都笑起来。

这时，毛泽东抖擞起精神，一跛一跛地走到空地中央，大声说："现在集合上山，我站第一名，请陈团长喊口令。"

他那高昂饱满的情绪感染了大家，战士们一个个又打起了精神，腾、腾、腾地站了起来。

"立正——"陈昊暗自摇了摇头，强打精神喊道，"向右看——齐！"

潘树安、寻淮洲、何长工、章志林、张宗逊、陈士榘站到毛泽东身边，其余官兵一个紧挨一个，迅速向毛泽东清瘦、高大的身躯看齐。

"向前——看！向左——转！目标——井冈山，出发！"陈昊下达了口令。

【字幕】江西　井冈山

曙光映照着井冈群峰，层峦叠嶂。

崎岖小路上，战士们小小的身影向上行进。毛泽东拄着树枝，他停下脚步，一手叉腰放眼四望，只见一座更高的雄峰峻岭直插云霄——那是井冈山的主峰。

农民军指挥部的院子里，摆放着革命军送给农民军的枪支。毛泽东和袁文才、王佐、贺子珍等兴高采烈地边走边说。

袁文才："毛委员，国民党要缴我们的枪，你却先送我一百条枪，又送王佐兄弟七十条枪，谁敌谁友，清清楚楚！"他爱不释手地拉拉手中步枪的枪栓："我看伤员们缺医少药，我送你们六百大洋……"

【字幕】农民军副首领 王佐 时年29岁

王佐放下手中一支枪，又拿起另外一支举起来瞄了瞄："一会儿我给你们挑五百石红米来。"

毛泽东："这真是雪中送炭！一家人不说两家话，我们就收下了。"

进了议事厅，厅里摆放着几把古色古香的交椅。

袁文才："毛委员，这里就是我的大帐，也就是你的大帐，你什么时候议事，我随时欢迎！"

王佐："毛委员，我们的事，袁大哥和我说了就算。你们的事你说了算吗？"

毛泽东一愣。

王佐:"你上面还有啥子'省委''中央'。以后你高升了,别人会不会把我们当土匪……"他用手比画了一个"杀"的动作。

毛泽东:"你想哪儿去了?你们现在是中国工农革命军第一军第一师第二团,你俩是袁团长和王团副!除了蒋介石,谁敢剿你们?再说,我毛泽东真要是高升了,就更能拉你们一把,我们还要一起打到长沙、南京去呢……"

王佐、袁文才开怀大笑。

湖南长沙。一家大酒馆的角落里,余洒度和苏先骏对面而坐,桌上杯盘狼藉。余洒度尽量抑制着嗓音,恨恨地说:"这也叫革命?与十月革命完全背道而驰,上面不会饶恕他的!"

【旁白】余洒度和苏先骏向中共湖南省委和中共中央汇报情况后,分别在上海和长沙遭叛徒出卖,被捕叛变。

破茅草屋里。太阳光透过屋顶的破洞,照射到桌上。桌上放着三个粗瓷旧碗,碗里盛着大半碗黄色稀汤。陈昊和韩昌剑愁眉苦脸地看着半碗稀汤。

韩昌剑用筷子往碗里捞捞,只有几小块南瓜,他发起牢骚:"这每天三分钱的伙食,就两顿稀汤,怎么行?"

门推开了,徐恕拎着一支步枪走进来,他手一摊:"方圆几十里的野物都打光了,再这样下去,我们只有挖野菜、捉虫子,当野人了。"说着把枪往墙边一靠。

陈昊站起来，烦躁地走了几步："毛委员原来说'上山就是歇一歇脚，磨一磨刀'，现在又是建营房，又是搞农会，又是搞妇女会，还要办夜校，一副就此安营扎寨的样子，越来越不像要攻打中心城市了。"

徐恕："要是上山为匪，我家附近的山头就有好几个土匪寨子，我何必报考黄埔，参加铁军，千里迢迢跑到井冈山来?!"

韩昌剑："我们再好好跟他说说?"

陈昊摇摇头："他原来还对我们言听计从，现在好像摸到了打仗的门道，越来越说一不二了。要另想办法……"

毛泽东在召开军事会议，陈昊、韩昌剑、徐恕、袁文才、王佐、贺子珍、章志林、潘树安等围坐在周围。

毛泽东神采奕奕："我算开窍了，所谓常胜将军，总是以强击弱，哪怕他在全局上处于弱势，可也总是在局部形成强势才动手。我们当初五千多人，一千多条枪，除了卢总指挥的警卫团，其他都是矿工、农民，而敌人有好几万正规军，我们想打长沙，是以卵击石，岂能不败? 现在唐生智的主力都开去跟蒋介石抢地盘了，山下的茶陵县城只有几个民团，我们去打茶陵，是以石击卵，岂能不胜?"

【字幕】一团政治部主任 宛希先 时年21岁

宛希先："毛委员，你下决心了?"

"是的。"毛泽东站起来，脚伤让他微微皱起了眉头，"陈团长，宛主任，你们带一团主力下山，把茶陵县城拿下来。皇帝还不差饿兵呢，这次要把部队的补给解决了。"

一团的几个干部相视一笑，陈昊站起来："保证完成任务！"

毛泽东："你们下山要多搞报纸，哪怕是抢，也要给我抢到手！尤其要打探南昌起义部队的消息。我们在山上毕竟是孤军奋战，独木难支啊。"他向前跨了一步，脚上的剧痛使他一个趔趄，袁文才连忙扶住了他的胳膊。毛泽东苦笑了一下："我这不争气的脚，不让我跟你们一起去以石击卵，我和二团就在山上整训、看家，为你们准备庆功酒啦！"

山寨路口，一团战士们精神饱满地向山下开去。

毛泽东拄着树枝，对身旁的陈昊和宛希先说："我把秋收起义剩下的这几百人，都交给你们了。这可是我们打天下的种子部队，如果情况有变，哪怕不要茶陵，也一定要把部队给我完整地带回来。"

陈昊："你放心，我们下山还可以扩军，一定把更多的人马给你带回来！"

他俩向毛泽东举手敬礼后，转身加入了行进的队伍。

毛泽东不住地对走过身边的战士们微笑招手，目送部队越走越远，他对潘树安说："扶我一把。"

潘树安扶着毛泽东站上了旁边的一块大石头。毛泽东伸长脖子，眼巴巴地望着部队行进的方向，直到一个人影也看不见了……

毛泽东有点惆怅地从大石头上下来。他看看身边的潘树安，忽然问道："树安，听说你老家给你相了个对象?"

潘树安："我已托人回她说，革命不成功，我不结婚。"

"哦，女方怎么说?"

"这个死心眼的丫头，居然说要等我。"

"喔，蛮不错的女子嘛，你可不要耽误人家呀。"

潘树安决然地表示："说出去的话，泼出去的水。革命不成功，我是不会理她的。"

"我们打天下，一切都要从长计议。等一团回来，军人婚事也要议一议。"毛泽东说着，又伸长了脖子，眺望部队下山的方向……

【字幕】上海

夜。大楼酒吧间里灯火辉煌，热闹非凡。人们和着音乐在跳舞，穿白制服的招待来回走动。

酒楼对面是一座洋行。楼上的一个窗口透出暗淡的光线。

【字幕】中共中央办公处

瞿秋白在台灯下翻译俄文文件，罗米那兹——他的络腮胡子浓密了不少，透过窗帘的缝隙，俯视马路上络绎不绝的人群。

罗米那兹掏出怀表看了一眼，瞿秋白也抬起头来，两人不约而同地对视一下，互相点点头——显然，他们正在等待什么人的到来。约定时间已到，两人的神情都有些焦灼不安。

一个女仆打扮的机关工作人员进来，对瞿秋白悄悄说了一句，瞿秋白马上站起来："快请!"

女仆打开小走廊的门，一个商人模样的人走进来，他是周恩来。

"你好，恩来。"瞿秋白热情地迎上去，和周恩来握手，"你总是这么准时。"

"一个地道的商人!"罗米那兹说，"完全认不出来了。"

周恩来摘下礼帽和墨镜，又去除了络腮胡子，露出清瘦的面容："败军之将，惭愧呀!"

"听说你在起义中途，得了重病?"罗米那兹递一杯茶给周恩来。

"起义失败，我又得了恶性痢疾，高烧昏迷。多亏叶挺、聂荣臻和杨石魂，弄到一叶扁舟，才漂到香港。"

罗米那兹耸耸肩："这就应了你们中国人的老话，祸不单行啊。"

"只要不死，就从头再来!"周恩来使劲地握了握拳头。

罗米那兹坐下来："好，谈谈你们的想法吧。"

"我先讲吧!"周恩来望了他俩一眼，"我以为，广东方面，两广军阀战争一触即发，这对暴动是个有利时机。"

"对，广州暴动应该积极准备。"罗米那兹说着，在小本子上记下点什么，"要像巴黎公社那样成立广州公社，在世界革命史册上写下光辉的一页。"

"唐生智和蒋介石的混战日趋激烈，"瞿秋白说，"在较短的时期内，仍有促成湖南、湖北两省大暴动的可能。"

周恩来："至于上海，省委已经发出通告：准备暴动。"

"具体步骤呢?"罗米那兹追问一句。

瞿秋白："准备先用几个武装的红色恐怖队，一个工厂一个工厂地督促工人罢工。这样造成总罢工，最后就可以暴动而夺取政权。"

"好，很好，富有想象力!"罗米那兹连连称道，"应该这样!"

"在北方，"瞿秋白也很激动，"张作霖败给了阎锡山，我们已经下令叫天津、唐山暴动起来。"

"啊，"罗米那兹兴奋地站起来，来回走动，"中国革命的高潮已经到来，胜利也为期不远了!"说着得意地摸摸自己的络腮胡子："看来我就是想留马克思式的大胡子也留不成咯!"

他在屋内转了一个圈，又回过身来，变得一脸严肃："为了确保新的暴动的成功，必须执行政治纪律，凡是没有完成暴动任务的党员，都将受到严厉制裁。例如南昌起义前委，首先是你——周恩来同志，未能使暴动取得胜利，应该受到警告处分。更为恶劣的是毛泽东，擅自放弃了攻取长沙的计划，居然逃进深山去了，必须给予严厉惩罚! 你们的意见呢?"

"我同意。"瞿秋白沉思片刻说。

"我接受处分。"周恩来态度十分诚恳。

【字幕】湖南茶陵

茶陵县衙门前，锣鼓喧天。战士们在给群众开仓放粮。

【字幕】茶陵县工农兵政府主席 谭震林 时年25岁

士兵代表 陈士榘 时年19岁

谭震林是一个个矮但精干的人，他和陈士榘一起给挂在县衙前的大牌子揭幕。挂在牌子上的红绸落下，露出了"茶陵县工农兵政府"几个大字，群众欢呼雀跃。

【旁白】遵照毛泽东的指示，革命军一团打下茶陵后，建立了茶陵县工农兵政府，这是中国共产党建立自己政权的具有深远意义的探索和尝试。

一个豪绅大院的餐厅，酒席正酣。陈昊、韩昌剑、徐恕在喝酒，一个手托香腮、眉目清秀的女子坐在陈昊身边，水汪汪的大眼睛盯着他。看到酒气熏天的陈昊又要倒酒，起身拿过酒瓶，往陈昊酒杯里斟酒。

女子："陈司令，你不是说革命就是你的命吗？在我这都住了一个多月了，还是英雄难过美人关啊！"

陈昊按着女子的肩膀，让她坐下，醉醺醺地笑道："革……命就是我的命，看见女人……我就不要命了……"

几个人哈哈大笑。

女子："那你就娶了我吧！"

"娶你？不，"陈昊摇摇头，"军人今日不知明日事，我可不想战死沙场，身后还留下孤儿寡母……"

"报告。"一个军官进来，神色紧张地递给陈昊一张报纸。

【字幕】一营营长 黄子吉

"团长，你看——"黄子吉把一则消息指给醉眼蒙眬的陈昊。陈昊往报纸上扫了几眼，忽然警觉起来，醉意去了几分，对女子挥挥手，女子不情不愿地站起身，噘着小嘴，走进内房去了。

陈昊吃惊地念出一则消息："广州起义，三天被镇压？……长沙暴动，两个小时就被剿灭？"

徐恕抢过报纸，扫了几眼，惊呼："完了完了，革命彻底失败了。"

"就这个形势，毛委员肯定又要叫我们回井冈山了……"陈昊起身踱了几步，"这和我们要攻占长沙完全背道而驰。俄国革命首先攻打彼得格勒，我们北伐也是一路攻占中心城市。毛委员钻山沟，肯定是歪门邪道。"

韩昌剑："我可不想再回井冈山去当野人了！"

徐恕："我宁愿轰轰烈烈地战死，也不到那个山沟里去长命百岁！"

黄子吉："团长，你说怎么办吧？我和全营都听你的！"

陈昊："要想不上井冈山，只有脱离毛泽东。"

韩昌剑："部队怎么办？光杆司令可一钱不值。"

陈昊："部队当然要带走，这又不是毛泽东的私军。"

徐恕："上哪去呢？"

陈昊想了想："国民革命军的方鼎英，距离这儿只有九十里，他在黄埔军校时任教育长，和我们几个都有师生之谊。我们向他借道，往湖南去。实在不行，就来个关公投曹营——保存实力……只要有枪，走遍天下。"

韩昌剑、徐恕、黄子吉都点头同意。

韩昌剑："宛希先他们可是毛泽东的铁杆，肯定不同意。"

陈昊冷笑一声："那就由不得他了！"

一团在向南进发。宛希先急急忙忙地跑到陈昊面前："团长，我们怎么往南走，回井冈山不是应该向东吗？"

陈昊："谁说回井冈山只能向东了？不要总是畏敌如虎，要准备跟唐生智打一仗。"

宛希先更急了："唐生智有一个师，我们不是以卵击石吗？"

"什么以卵击石？你怎么畏敌如虎？"他向身旁喊了一声，"黄营长！"

黄子吉："到！"

"去把东门外的浮桥炸掉！"

黄子吉："是！"一挥手，就带着几个战士跑了。

宛希先大惊："陈团长，你这是切断我们回井冈山的退路，置部队于死地啊！"

"置之死地而后生。项羽几千年前破釜沉舟，你在黄埔没学过吗？"

宛希先："南面有国民党十三军，我们去是羊入虎口！"

陈昊："十三军军长方鼎英当过黄埔教育长，跟我们有师生之谊，也一向同情革命，我们借道一行，有何不可？"

"他要是扣留我们呢？"

"那也是关公投曹营——保存实力！"

宛希先："你这是要投敌……"

"放肆！"陈昊大怒，"给我绑起来。"

上来几个战士，扭住宛希先的胳膊就捆。

在一旁看到了这一切的寻淮洲，悄悄地往后退，一转身钻进了路旁的林子。

银色的月光洒满山峦。

【字幕】井冈山八角楼

夜晚的八角楼透出一丝亮光。毛泽东在一盏油灯下看书。有人敲门，毛泽东喊了声："进来。"

贺子珍一手提着一个木桶，一手拿着一个木盆，用肩膀顶开门走进来，手提的木桶直冒热气。

"子珍同志，你这是？"

"毛委员，我找到一个很管用的土方子，你泡泡脚，很快就会好起来。"她说着把木盆放到毛泽东面前的地面上，用木桶往盆里倒热腾腾的黄褐色药水。

"哎呀，那太谢谢你了。"

贺子珍："我来帮你处理。"说着就去抬毛泽东的那只伤脚。

"哎，"毛泽东连忙拦住她，"我这脚又是脓又是血的，顶风臭三里，还是我自己来。"

贺子珍："我是学过护理的，你是病号，得服从管理。"说着就动手解绷带。毛泽东拗不过，只好听摆布。贺子珍把毛泽东的双脚放到盆子里，用手撩了撩水，毛泽东舒服得长长地呻吟了一声。

"这种草药好不好找？我们的伤员可不少啊。"

"都长在石头缝里，我明天就动员老乡去找。"她看到毛泽东手上的书还没放下，笑着说，"毛委员，你大概是天下最爱读书的人吧？"

"这大概还排不上，我听说马克思讲，他最大的乐趣是做一个蛀书虫。"

贺子珍扬眉一笑："真的假的？还有人愿意做虫子的？"

话音还没落，房门被咣的一声撞开了，一个人一跤摔了进来，他抬起头，是寻淮洲！寻淮洲趴在地上，上气不接下气地说："毛委员，陈团长带着部队往南去了，还把宛希先党代表绑起来了……"

"什么？"毛泽东大吃一惊，猛地站起来，咣当一声踢翻了脚盆，水洒了一地。他疼得一个趔趄，双手扶着桌面，忍着剧痛对贺子珍说："子珍，你快去派两个通信员，抄小路，去追赶一团，命令他们停止前进。再去找两副滑竿，要跑得快的，钱再多也无所谓，抬我去追部队！"

【字幕】湖口村

中午。一团的部队在村子里休息，一间不大的农民屋子里，陈昊、徐恕、韩昌剑几人正围着一张桌子看地图。

门被猛地推开了，寻淮洲和赵石头走进来："陈团长，毛委员命令，立即停止前进。"

陈昊诧异地抬起头："怎么，毛委员来了？"

"是的，我来了！"随着门外响亮的说话声，毛泽东拄着树枝出现在门口。他径直走到屋里，顺手拖过一条凳子，神色凛然地坐下，冷冷地注视着屋里的几个人。

陈昊等人面面相觑。韩昌剑的手不由得落到了盒子枪的枪匣上。陈昊用一个眼神制止了他，对毛泽东说："毛委员，我想跟你单独谈谈。"

毛泽东点点头，陈昊吩咐其他人："你们都出去。"

跟着毛泽东进来的寻淮洲等人端着枪，望着毛泽东，显然是不肯出去。

毛泽东抬手挥了一下，寻淮洲几个怏怏地退了出去。

毛泽东："说吧。"

陈昊："毛委员，我确实想脱离井冈山。第一，党中央指示我们打长沙。钻山沟，是你自作主张。第二，井冈山这穷地方，也养不起我们这支军队。这第三嘛，"他捡起桌上的一张报纸，"你自己看吧。"

毛泽东疑惑地接过报纸，报纸上的内容立刻吸引了他。"广州暴动、长沙暴动……三省暴动全部失败？"他受到了巨大震动，喃喃自语，"怎么会这样？"

"怎么会这样？"陈昊冷笑一声，"就是因为没有集中兵力嘛！大家各自为战，都钻山沟，怎么可能打下中心城市？"

听到这话，毛泽东反而镇静了，他也冷笑一声："你这是强词夺理！长沙是增加我们这几百人就能打下的吗？你要投靠方鼎英，这是去打长沙吗？"

陈昊："方鼎英同情共产党，即使我们暂时投到他门下，也是关公投曹营——保存实力嘛。朱德军长不就是隐藏到国民党军长范石生的名下，才把南昌起义的余部保存下来的吗？"

"朱军长是因为一时走投无路，经过党组织研究同意，并且事先与范石生达成了协议，才带队前往的。而我们明明在井冈山可以大有作为，你也口口声声保证把部队带回井冈山，实际上却搞阴谋诡计，这能跟朱军长一样吗？你要拐走我们党打天下的种子部队，这是背叛！"

陈昊神色紧张，一手抽出驳壳枪，指着毛泽东："我没有背叛革命，你非要说背叛，也只是背叛了你毛委员！"

毛泽东毫无惧色，冷冷地注视着陈昊。两对目光激烈碰撞。渐渐地，陈昊退缩了，垂下了头，把驳壳枪放到了桌上。

毛泽东大声喝道："来人！"宛希先、寻淮洲带着几个战士走进来。

毛泽东站起身，命令说："押下去！回井冈山。"

井冈群峰在云海中时隐时现。

屋子里，毛泽东坐在桌前，脸色阴沉。远处人声鼎沸，隐隐约约传来口号声。

章志林走进来："毛委员，审判大会一致通过对陈昊几个执行死刑，陈昊要求见你一面。"

毛泽东点了点头。随着章志林的一个手势，两个战士把五花大绑的陈昊押进屋子。

毛泽东吩咐说："替他松绑。"

战士们解开了陈昊身上的绳索。

毛泽东望着陈昊："你有什么话说？"

陈昊面无惧色："毛委员，我这个团长是你提拔的，我要带部队脱离你，公审判我死刑，我认了。只是我自黄埔军校加入共产党后，冲锋陷阵，总还有些功劳。这次就算是你说的背叛，也还没有给部队造成多大损失。这些你认不认？"

毛泽东默默地点点头。

陈昊："我不想做孤魂野鬼。我要求在我的尸体上，盖上一面革命军军旗，先死的弟兄们就还能认我……你看着办吧！"

毛泽东盯着陈昊，良久，默默地点点头。

陈昊见状，哈哈大笑，转身就向门外走去。

过了一会儿，远处传来了几声枪响。毛泽东脸色铁青，坐着的姿势一点没变，渐渐地，他的眼眶湿润了，流出了眼泪。

章志林走进来，看看毛泽东，沉默了一会儿，轻声说："毛委员，他这是罪有应得，用不着为他难过。"

毛泽东叹了口气："我不是为他难过，我是为我自己难过。

我用人失察，差点毁了这支队伍，毁了井冈山！用对人，如日中天；用错人，如坠深渊。教训深刻啊！"

他抹去了脸上的泪水，起身向门外走去，双手叉腰，极目远眺。

云海翻滚，群峰耸立……毛泽东感慨的声音在回荡："看来很多人还没有接受井冈山，没有接受农村根据地，我们的路还很长啊。"

他转身目光坚毅地望着章志林："志林，军中不可一日无将，一团团长就由你来当。"

"我?!"章志林有点手足无措。

毛泽东："对，就是你，千军易得，一将难求。这次我绝不会再看走眼！"

他向章志林伸出手，章志林略一犹豫，就坚定地伸出双手，与他紧紧握在一起。

井冈群峰，云海翻滚。打了胜仗的红军队伍，沿着长长的山间小道走在回山的途中。

【字幕】革命军二团团长　袁文才

　　　　永新县委宣传部部长　贺子珍

袁文才和贺子珍站在进村的路口欢迎红军归来，他们笑容满面地和战士们挥手打招呼。

贺子珍边向队伍里张望，边问袁文才："袁大哥，毛委员呢？怎么还没看见毛委员？"

袁文才呵呵一笑："你怎么总是毛委员、毛委员，是不是看上他了？"

"袁大哥！"贺子珍脸颊绯红。

"你知道前段时间毛委员茶饭不思，是为什么吗？"

"为什么？"

袁文才叹了口气："山下传来消息说，毛委员老婆的秘密交通站被敌人捣毁了，杨开慧同志很可能遭难了……"

贺子珍一脸惊诧，沉默许久。

袁文才望望进山的队伍："毛委员上马能统军，下马能安民，绝非池中之物。你要是嫁了他，他就是我们井冈山的女婿，说不定今后井冈山的父老乡亲，就是大树底下好乘凉了……"

"袁大哥！"贺子珍一踩脚，捂着脸跑开了。

师部会议室。毛泽东、章志林、袁文才、王佐、宛希先等十几个领导干部围着长条桌开会，毛泽东坐在首席。

王佐兴高采烈："毛委员，我们的地盘扩大到了山下的三个县，你该升官喽！"

毛泽东也情绪高涨："我们暴动时四个团，还没拉好架势，就损失了三个半团，上山的时候只有七百多人，还有不少伤员！现在搞到了一个师，两个团两千多人。支部建在连上，在营、团建立党委，真是建军的秘诀呀。这叫——"

毛泽东正想着措辞，袁文才在边上抢先说道："——乌鸡变凤凰啊！"

大家哈哈大笑。

毛泽东："今后使用干部，必须经过党组织严密考察，重要岗位一定要由共产党员担任，这要成为军队的重要制度。"

门口响起一声"报告"，扮成农民的潘树安兴奋地走进来："毛委员，你要我去接的重要人物，我接到了。"

【字幕】湖南军委特派员、湘南特委军事部长 周鲁 时年29岁

一身农民打扮的周鲁一步跨进门来。

毛泽东大喜，急忙起身迎上前去："特派员同志，我们盼星星、盼月亮，可把你盼来了！"他伸出双手要跟周鲁握手。

周鲁却把双手往身后一背，冷冰冰地问："你就是毛泽东同志？"

毛泽东很尴尬，收回双手："是，我就是毛泽东。"

周鲁斜了他一眼，自管自走到毛泽东的座位前，大声宣布："我是省军委特派员、湘南特委军事部长周鲁。我现在宣布中央的决定。"他停顿了一下，用目光扫视全场，最后落在毛泽东脸上："——开除毛泽东的党籍！"

全场震惊，毛泽东愣住了，好一会儿才问出一句话："……为什么？"

"为什么？"周鲁对毛泽东冷笑一声，"中央是不是命令你秋收暴动去打长沙？"

毛泽东："可是……"

周鲁："不要'可是'，就回答'是'还是'不是'！"

毛泽东无可奈何地说道："是……"

周鲁："你是不是没有打长沙，擅自跑到井冈山来了？"

"可是……"

"不要'可是'，就回答'是'还是'不是'！"

"是……"

"你这是不是违抗命令？"

"可是……"

"不要'可是'，就回答'是'还是'不是'！"

"是……"

"这事实不就很清楚了？"周鲁朝毛泽东一脸冷笑，"你违抗命令，擅自带部队逃进深山老林里来。尽管你说'可是''可是'，可是黄泥巴掉在裤裆里——不是屎也是屎了。开除你的党籍不是理所当然的吗？"

毛泽东咬了好一会儿嘴唇，声音发颤地问："特派员，能给我看看中央处分我的文件吗？"

"毛泽东，你也是老同志了，我穿过敌人三道封锁线，能把秘密文件带在身上吗？都装在这儿呢！"周鲁点点自己的脑袋。

"哦，"毛泽东表示理解地点点头，"那……会不会，你记错了？"

"记错了？"周鲁笑笑反问道，"那你倒说说，不是开除党籍，是开除什么'籍'呀？"

毛泽东很没把握，试探着问："是开除军籍？"

周鲁摇摇头："不是！"

毛泽东："开除……学籍？"他说完也自我否定地摇摇头。

周鲁斩钉截铁地说："没错，就是开除党籍，你违抗上级命令，党岂能留你？"

毛泽东激动起来，身体微微颤抖，额上渗出了豆大的汗珠："我自从信仰了马克思主义，在1920年参加了共产党，就把自己完全交给党了，生是党员，死是党员，永不叛党！党不能不要我……"

"毛泽东，你不要在这里胡搅蛮缠，你现在已经不是党员了，没资格参加党的会议，你出去！"

王佐猛然站起来，指着周鲁的鼻子，正要发火，毛泽东一把拉住他，用力使他坐下。

毛泽东浑身颤抖，双手握拳，使劲忍着。他想说什么，可是看到周鲁又抬手指指门外，万般无奈，默默转身，步履蹒跚地向门外走去。

周鲁大大咧咧地朝毛泽东原先的位置上一坐："你们秋收暴动失败，就是毛泽东太右倾，没有执行'使小资产变无产，进而强迫他们革命'的政策，烧杀太少。要让平民变成赤贫，逼着他们起来革命，革命力量就会飞速壮大……"

毛泽东孤独地在街上走着，对眼前的一切似乎都视而不见，他走着走着，眼眶湿润了，两行泪水悄无声息地流下来。

会议仍在进行。

周鲁："从今往后，你们这支部队就归我指挥。谁不听命令，军法无情！"

王佐猛然站起来："连毛委员这样的高人，都被你开除了，像我这样的还不被你枪毙？从今往后我们一拍两散，我还是拉队伍替天行道去。"

周鲁下意识地往腰间摸了摸，什么也没有摸到，便喝道："你无组织无纪律，我开除你的党籍！"

王佐哈哈大笑："党内是讲少数服从多数的，要不我们开个党员大会，举举手，看看究竟是你开除我，还是我开除你。你还想摸枪？我只要一个眼色，说不定今天晚上就有人打你的黑枪！"

"你……"周鲁看看，在座的人对他都没有好脸色，沉默了一会儿，脸色放缓，口气也变软了："王副团长，你究竟要怎样？"

"两条：一是请毛委员回来，二是你走人！"

周鲁想了一会儿："这样吧，中央只是开除毛泽东的党籍，没有开除他的军籍，当个军事干部还是可以的……"

毛泽东独自站在山顶，脚下是翻滚的云海。他眼眶湿润，默默地注视着云海，一个声音在心底响起："一个职业革命者被开除了党籍，政治生命就完结了。可我没有错，原则还是要坚持，争取为党多做些工作吧！"他的眼泪渐渐地干了，目光又充满了坚毅。一转身，看到周鲁走过来，就主动打招呼："周特派员，过来坐一会儿吧。"

毛泽东和周鲁并肩坐在裸露的岩石上谈话，脚下是变幻不定的云海。

周鲁："你不是党员了，不能担任党内职务，就当师长吧。"

"当师长？我不懂军事……"

"我懂啊，我是黄埔毕业的，还留学法国。我可以教你。"

毛泽东看了周鲁一会儿："我年少时幻想教育救国，就考了师范，一心想像孔夫子那样，教出三千弟子、七十二贤人。还相信过'无血革命''呼声革命'。唉，早知道革命主要是打仗，就该考军校了——千金难买早知道啊！"

"现在也不晚，我可以给你补课，从立正、稍息开始。"

毛泽东点点头："是，学军事，我是要从'人之初'开始。"

"你的错误主要是右倾。烧杀太少，没有实行把平民变赤贫、强迫他们革命的政策，造成无产者的力量不够强大。只要无产者的人数增多了，我们就能像俄国革命那样，夺取各个中心城市。"

"把平民变成赤贫，强迫他们革命？恐怕他们首先要来革我们的命吧？"

周鲁又拉下了脸："这是共产国际和中央的精神，难道他们不如你高明?"

毛泽东无语。

落日黄昏。毛泽东背贴在墙壁上站军姿,不时做出立正、稍息的动作。

晨曦初露。毛泽东带领战士们出操,他大声喊出"一二一、一二一""一二三四"的队列训练口号。

大地回春,万树发芽,欣欣向荣。

周鲁、毛泽东率领革命军走在下山的路上。

毛泽东很兴奋:"双木成林,独木难支。朱军长来了,井冈山可是如虎添翼喽!"

【旁白】1928年3月,朱德、陈毅率领的南昌起义余部,在湘南起义后遭到敌军七个师的围剿,遂向井冈山进发。毛泽东下山接应朱德、陈毅所部。

【字幕】湖南炎陵 湘南特委所在地

毛泽东抬头看看,日到正午,对身边的司号员说:"吹号,埋锅做饭。"

军号嘹亮,战士们纷纷停止前进。

"周特派员,"毛泽东向周鲁打招呼,"到湘南特委了,我要去看看中央处分我的那份文件,也好总结总结教训。"

周鲁："你不吃饭啦？总共只有四十分钟就要出发了。"

毛泽东边跑边说："你们给我留一点，待会儿我边走边啃几口就行了。"

农舍里，毛泽东从档案员手里接过一份文件仔细看。忽然，他眉头紧蹙，把文件凑到了眼前，随即喜上眉梢，把文件高高扬起，大叫："我还在党内，我还是共产党员……"然后跟档案员热烈地握手，并将档案往档案员手里一塞，一阵风似的跑了出去。

毛泽东满面春风，在街上大步行走，街上走着几个农民。毛泽东不论他是谁，都满脸笑容地迎上去，伸出双手跟他热烈握手，弄得那几个人都莫名其妙地瞅着他的背影。

部队准备出发，毛泽东远远地朝周鲁奔过来，兴高采烈地说："我还是共产党员，我还是共产党员！"说着，双手紧紧地跟周鲁握手，并且拥抱了周鲁一下。

周鲁莫名其妙……

【字幕】1928 年 4 月 28 日 江西宁冈 砻市

朱德身着一身洗得灰白的军装，一只脚踏在凳子上，仔细地打绑腿。身边的战士问："军长，你今天的绑腿打得这么漂亮？"

104

朱德笑呵呵地："我们在山下是孤掌难鸣，如今上山是双剑合璧！今天要见毛委员，自然要打扮打扮。"

在一间农舍里，毛泽东整理着自己的军装，他伸手拿起桌上的驳壳枪挎在身上，高兴地说："挎上驳壳枪，师长见军长！"

山坡上红旗招展，毛泽东和朱德相互远远地看见了对方，不约而同地加快步伐，渐渐地小跑起来。他们跑到一起，相互敬礼，接着紧握双手，热烈地摇晃。

秋收起义的部队和南昌起义的部队终于胜利会师，战士们欢呼着，迎面奔跑，热烈握手，紧紧拥抱，热泪盈眶。

朱德："润之，我可是内行，我一看到你的部队，就暗暗吃惊：才不过几个月，你就把一伙溃军散兵，调教得有模有样。你可不简单呢！"

毛泽东："玉阶兄，在你面前说带兵，那可是关公面前舞大刀了。我不过是找到了窍门。"

"哦？"朱德大感兴趣。

毛泽东："这就是在士兵中大力发展党员，支部建在连上，营、团都建立党委，靠党组织把部队紧紧地团结起来。现在败仗少多了，一触即溃的情况再也没有发生。这个办法可真是点石成金啊！"

"哦，点石成金？你这办法确实前无古人，值得好好研究！"朱德打量了一番神采飞扬的毛泽东，"润之，我看你今天特别高兴，是不是除了会师以外，还有什么喜事啊？"

"玉阶兄，确实有喜事啊，你不问我，我也要跟你说，我有二世为人之感哪！"

"二世为人？"朱德颇为吃惊。

"是这么回事，秋收暴动以后，我打不了长沙，退到井冈山。党中央处分我，结果被误传为开除党籍！这当头闷棍，把我打蒙了。我那个郁闷啊！在来的路上，我看到了中央的原件，是开除我的政治局候补委员，我还是共产党员！哎呀，老兄，实话对你说，我刚听到开除我的党籍，觉得至少要少活十年。现在知道我还是党员，觉得至少要多活二十年呀！"

朱德惊讶地望着毛泽东："我太理解了，当年我找陈独秀入党，他说我是军阀，把我在国内入党的路堵死了。我只好到法国去找党组织，又从法国追到德国，才经周恩来同志介绍，加入了共产党，我顿时感到自己起码年轻了二十岁，确有二世为人之感哪！"

毛泽东兴奋地提议："让我们为有共同的信仰、共同的政治责任、共同的历史使命，再来一次握手！"

"好！"朱德也豪情大发，跟毛泽东再一次紧紧地、热烈地握手……

【旁白】朱、毛会师之后，成立了中国工农革命军第四军，随后按中央的指示，改名为中国工农红军第四军，朱德任军长，毛泽东任政治委员、前委书记，陈毅任政治部主任。

豪绅的庭院内，毛泽东和周鲁等几个穿便装的人边走边谈。

毛泽东："我的意见，你们湘南特委还是跟我们上井冈山……"

周鲁："中央规定我们要发展湘南暴动。我们还是回湘南去！"

"周鲁同志，你虽然误传指示，让我憋屈了一个多月，但也考验了我的革命意志，我还真感谢你呢，绝不会给你穿小鞋的！你还是跟我们一起回井冈山吧。"

"毛委员，我给你带来严重伤害，实在对不起！"周鲁说着，突然眼眶湿润，涌出泪水。他使劲擦了擦眼睛，望着毛泽东说："相处一个多月，我已经了解你了，除了对国际和中央精神的看法不一致以外，我很钦佩你。你要是给我穿小鞋，就不是你毛泽东了！我要回湘南去，是要坚决执行上级指示。后会有期。"

毛泽东一声叹息："这样吧。你们到后勤去，每人挑一支好枪，带足子弹，每人再领十块银圆。"他跟周鲁紧紧握手。

周鲁率领湘南特委十几个人走在林边小路上。林子里突然传出密集的枪声，近百个敌军边开枪，边从树林里冲出来。

周鲁举枪，带头反冲锋，他冲了几步，中弹栽倒在地。

【旁白】周鲁等湘南特委同志，在途中遭到敌军伏击，全部壮烈牺牲。

毛泽东主持布置土改的会议："刘邦取得天下，和大臣们一起总结经验，第一条是'与天下同利'，这就是领导者要使被领导者得到利益，大家才拥护你。中国的农民最希望得到什么？土地——这是农民的命根子。我们在井冈山建立了政权，下一步各县各乡的主要任务就是开展土地革命。"

"怎么个革法？"几个干部兴奋地异口同声问道。

"目前中央没有土地纲领，我们不要等待。我拟了一个土地法草案，第一条：'没收一切土地，彻底平分。'"

"一切土地？"有人高兴地站了起来。

"对！'共产革命'嘛，无论地主、富农、中农、贫农，土地全部没收，按人口平均分配。"

山沟里的农田里。贺子珍等几个红军拿着三尺来长的叉形木尺，测量土地。一大群衣衫褴褛的农民，紧围边上，目不转睛地注视着，分到田的农民不时发出大声欢呼。

一个独眼驼背的中年人跟在章志林的后面："凭什么平分我的田？我也是干活的。"

章志林："可你是富农，你还雇用长工。"

富农反驳道："我要是不雇他，他们就没饭吃！"

章志林挖苦地说："这么说，你剥削还有功啰？"

富农看到人群又发出欢呼，狠狠一跺脚："走着瞧！"转身就走了。

章志林瞥了瞥他那一拐一拐的背影，露出不屑的笑容。

司令部里。背着盒子枪的寻淮洲走进门口，举手敬了个很标准的军礼："毛委员……"

没等他说完，毛泽东急忙迎上来，拉住他的手，上下打量一番："淮洲，进步很快啊！当排长啦，有信心吗？"

"有！"寻淮洲大声回答。

毛泽东亲热地握住他的手，往屋里走："有桩发财的买卖，你有没有兴趣？"

"搞枪？"

"我就知道你小子行，一猜就中！"毛泽东严肃起来，"情况是这样的，山下那个姓卢的土豪，最近搞了十支快枪，我想把它全部搞过来。这个任务交给你，怎么样？"

寻淮洲低头想了想："行，保证完成任务！"

"他家可是墙高院深，家丁众多，边上还住着国民党正规军。搞得不好要折本呀。"

"毛委员你放心，我想办法。"

"你们现在每人几发子弹？"

"三发。"

"这样吧，"毛泽东想了想说，"我给你们每人再特批两发子弹。每人五发，够阔气吧？"

"那太好了！"寻淮洲很兴奋，"不过我要想办法把子弹都节省下来，一枪不发……"

"一枪不发？"毛泽东十分疑惑。

夜晚。浓云疾驰，挡住了明月。卢豪绅院子的围墙下闪过一个人影。他一身农民打扮，脸上还用黑炭画了几道横杠。明月露出脸来，月光照耀下，看清了此人是寻淮洲。

寻淮洲腹前插着两支驳壳枪，腰后插着两颗手榴弹，手拿一根系着一个铁钩的麻绳。他把麻绳悠了两下，往上一甩就挂住了墙顶，用力试了试，一使劲就拉着绳索蹬着墙壁翻过墙去。

院子里。厢房一片黑暗，只有正房的灯还亮着。寻淮洲举着驳壳枪摸到门口，透过门缝看到，胖胖的卢豪绅正和姨太太一起坐在桌前吃夜宵。他猛一推门，一个箭步蹿进去，枪口就顶在了卢豪绅的脑袋上。

寻淮洲："我们是红军，已经把你家包围了，不听话就打死你！"

卢豪绅和那个女人抖得像筛糠。

寻淮洲吩咐那个女人："限你五分钟内，把十支快枪都送过来。敢耍花招，我枪一响，你全家都活不成！"

"快，快按长官说的做！快去！"卢豪绅吩咐自己的女人。

"哦哦。"女人慌慌张张地跑出去了。

过了一会儿，两个家丁各扛着五支枪走进来，看了看形势，无可奈何地把枪都放到了桌上。

"你，"寻淮洲用枪点了一下卢豪绅的脑袋，"把枪都背上，跟我走！"

"长官……"卢豪绅一副哀求的哭相。

"照我的话做，留你一条活命！快！"寻淮洲又用枪顶了他一下。

卢豪绅哭丧着脸，双肩各挎五支枪，在寻淮洲的威逼下，朝门外走去。

野外，月色忽明忽暗的一棵大树下。卢豪绅把十支枪放到了地上。

寻淮洲用枪指着他："放你回去。明天还是这个时候，把子弹都送到这儿来。今后不准跟红军作对。敢耍花招，就是自寻死路！"

"是……是……"卢豪绅点头哈腰地往后退去，退了几步，一转身，拼命往回跑。

寻淮洲瞅着他的背影笑笑，虚张声势地大吼一声："一排、二排、三排，撤！"他的喊声被淹没在呼呼的山风中。

红四军司令部。毛泽东、朱德、陈毅和张宗逊等几个人在摆弄新到手的十支枪。

朱德拉拉枪栓，赞叹说："硬是德国造呢，寻娃子这小子真行，这几天排长当得也有模有样。"

毛泽东："《孙子兵法》上说的为将'五德'——智、信、仁、勇、严，他都有；我看再过一两年，他就能当团长了。"

陈毅这个壮实的军人笑着说："他还是个儿童团呢！是不是太嫩了？"

毛泽东风趣地答道："哪吒也是儿童团，还不是打败了东海老龙王敖广？自古英雄出少年！"

几个人都笑了。

朱德扳着手指头一个个数着："伍中豪、林彪、粟裕、张子清、陈毅安、萧克、袁文才、王佐、王良、陈树湘、陈士榘，还有你。"他指着在一旁听得津津有味的张宗逊，"你们几个打仗都很用脑子，都是可造之材。"

毛泽东："我们的干部中读书人太少，这是我们一大短板。我们是不是也办一所'黄埔军校'？先叫教导队，而后就叫红军大学？起码要让工农干部看得懂军事文电，进而要读得懂马列本本。这是锻造新型军队的必由之路。"

"赞成！""好！"几个人纷纷表示。

张宗逊喜上眉梢，迫不及待地说："红军大学？我第一个报考。"

毛泽东从头到脚打量了他一番："张宗逊，你在黄埔可是出名的优等生，居然从第五期跳级跳到第四期毕业，这个红军大学说不定就叫你当校长！"

张宗逊很不以为然："首长，别拿我开玩笑了。"

朱德也上下打量了他一番，看得这个年轻军官有点发毛。

朱德："军中无戏言。你就不敢日后当个红军大学校长？"

张宗逊埋头想了想，胸脯一挺，大声应道："怎么不敢？敢立军令状！而且……"他犹豫了一下，"而且到时候还要请两位首长去讲课呢！"

朱德和毛泽东交换了一个欣赏的眼神。

朱德："脑瓜子很灵啊！"

毛泽东也很满意："正合我意。我的专业就是当teacher。"

蹦出的洋话把大家都逗笑了。

"韩信用兵多多益善。"毛泽东喜悦地说，"寻淮洲、张子清、伍中豪、林彪、陈毅安、粟裕、罗荣桓、萧克、谭政、陈士榘，还有你张宗逊，你们这些娃娃军官，能飞多高，我们就给你们多高的天空。"

烈焰熊熊，烽火四起。接连出现几面被硝烟熏黑，被弹片击破的军旗。

旗帜上分别打出：中国工农红军湘鄂边第四军、中国工农红军闽西游击队、中国工农红军渭华大队、中国工农红军第五军、中国工农红军第七军。

【旁白】在中共开展武装革命的初期，贺龙、邓子恢、方志敏、刘志丹、彭德怀、邓小平、张云逸等在各地领导了武装暴动，其中彭德怀率领的平江起义军——红五军也上了井冈山。

高大的城墙。

蒋介石一身戎装，披着黑色斗篷行走在长廊里。跟在身后的副官边走边报告说："这些赤祸当中，最大的一股还是井冈山的朱毛。"

蒋介石："朱毛、朱毛，朱毛哪个说了算？"

"好像都在争权，共产党书记为大，毛泽东好像占些上风。"

"嗯，毛泽东？"提到这个名字，蒋介石的脸上浮现出一丝嘲讽，"一个要笔杆子的秀才，也要耍枪杆子了？"

副官："秀才造反，三年不成！"

"三年？!"蒋介石冷笑一声，"严令江西的朱培德、湖南的何健通力协作，三十天之内要消灭这一小撮共匪，绝不让共产党死灰复燃！"

朱德和陈毅来到红四军司令部门口。

毛泽东迎上前去轻声而又急切地询问："怎么样？"

"争论很激烈，主张坚守井冈山的人不多。有人要到湘南去，有人要到赣南去。"朱德说。

"有人是因为山上太苦，本来就想下山。"陈毅接着说，"更多的人是担心，认为敌人出动三万多人，兵力是我们的十倍，我们肯定守不住。"

毛泽东："我看，不是守不住，而是不想守，认为一座穷山野岭没必要死守。"

一座祠堂门前。红四军的几十名连职以上指挥员盘腿坐在地上，毛泽东站在他们中间，语气激动："我说同志们，你们小看了井冈山哟！从'八七会议'到现在，全国各地都搞暴动。可是谁都没有想到的是，先搞个'军事大本营'，进可攻、退可守。结果，一旦敌人反攻，统统一败涂地。"

"没有藏身之处啊！"朱德插了一句。

"井冈山是个理想的地方，虽然粮草困难，但山高林密，地形险要。假如我们轻易离开这里，'虎落平阳遭犬欺'啊……"毛泽东恳切地说。

"敌人是我们的十倍，我们打得过吗？"有人怀疑地问。

"有这么好的地形都打不过，下了山那就更打不过了。与其下山送死，不如在山上拼死一战，或许还有生的希望。不知你们怎么想，反正我是下了决心。"毛泽东从口袋里掏出几块银圆，哐当一声拍到桌上，"毛泽覃——"

【字幕】营党代表 毛泽覃

"有！"毛泽覃应声起立。

"你替我在那棵大树下面买三尺地皮，我若战死了，就把我葬在这里，我毛泽东誓与井冈山共存亡！"

毛泽覃神情庄重地点点头。

指挥员们被毛泽东的举动感染了。

"军长，你呢？"毛泽东又转向朱德。

"我就不买地皮了吧，"朱德微微一笑，"到处黄土好埋人，我死在哪个山头，就埋在哪个山头罢了！"

"毛委员和朱军长都准备死，我们还怕什么?!""坚决死守井冈山!"指挥员们嚷嚷起来。

"誓与井冈山共存亡!"陈毅看着开始沸腾的场面，振臂高呼。

"誓与井冈山共存亡!"全体指挥员一起吼起来。

一棵大樟树下，毛泽东和朱德各拿一本书，盘腿坐在地上交流学习心得。

毛泽东拍拍手里那本线装《孙子兵法》:"我反复琢磨，《孙子兵法》的核心就四个字——'知己知彼'，这倒与我主张的调查研究，有异曲同工之妙。"

"哦?"朱德很感兴趣。他沉思了一下:"很有道理! 我情、敌情和地形都要调查清楚，'调查'换成军事术语就是'侦察'——你对兵法的概括很精辟，很好记，很实用。"

毛泽东:"没有调查研究就没有发言权……"

朱德:"不知己不知彼，就是打糊涂仗……"

两人相视，哈哈一笑。

"唉，"毛泽东叹了口气，"卢德铭同志对我说，要熟读地图三百张，才算学懂军事地形学。我还差得远呢!"

朱德:"那就走吧，背上干粮，一边读地图，一边调查地形去。"

"好!"毛泽东一跃而起，顺手一把将朱德也拉起来。

红军作战会议上。毛泽东向在座的十几个指挥员宣布：
"这几天朱军长和我走遍了周遭的山川隘口，最后选定在最有利的五斗江，打敌人一个伏击！"

朝阳从云海中喷薄而出，宁冈五斗江一带，响起震耳欲聋的枪炮声，恶战开始了。

成群的国民党士兵沿着狭长的山路和两侧山脊冲向山头。

朱德隐蔽在战壕里，不断用驳壳枪瞄准射击。

大批白军在炮火掩护下突破了红军的前沿阵地。

朱德身旁的机枪手急了，突然飞身跃上战壕，手提机枪，向敌军士兵猛射，不过子弹似乎都打飞了，敌人依旧号叫着往上涌。朱德的军帽上"咻咻"腾起两股青烟——子弹在上面打了个洞，但他似乎毫无察觉，伸手把那个机枪手从壕沿拽了下来，黑着脸说："不会利用地形地物吗？都像你这样，还挖战壕干什么？"

那个战士先是一愣，吐了吐舌头，随后把机枪架在壕沿上，调整了一下姿势，仔细瞄准，机枪爆豆般地响起，敌人接二连三地倒下去。战士朝朱德露出憨厚的一笑。

战壕的另一处，陈毅接连甩出几颗手榴弹，白军死伤成堆。士兵们全都跃出了工事，呐喊着同敌人展开了白刃战。

山隘口。毛泽东带着队伍绕到敌人侧后方，突然发起了冲击。敌人遭受前后夹击。到处刀光剑影，血肉横飞，杀声震天。

鞭炮齐鸣，红旗招展。砻市的"会师广场"上，摆了一百多桌酒席。百姓们欢天喜地地庆祝"龙源口大捷"，慰劳红四军全体官兵。

"同志们！"陈毅神情肃穆地站在最前面的一张长桌前，将酒杯高举过额，"第一杯酒，献给龙源口大捷中英勇捐躯的英雄们！"

众人一起举杯。

"为了保卫井冈山，数以千计的战友长眠在山上了——"毛泽东悲怆的声音中透着激昂，"今后，谁再轻言放弃井冈山，就是对烈士的背叛，天理不容！"

毛泽东、朱德和大家一起躬身将酒轻轻洒在地上。

毛泽东又恢复了往日诙谐："我们打了几个小败仗，总结经验教训，就打了一个大胜仗。只要我们实事求是，不断总结，就会一生二，二生三，三生无穷！"

战士们兴奋地欢呼起来，红旗飞扬。

【旁白】红四军首战五斗江，再战草市坳，三战龙源口，先后击破了敌军的三次"进剿"，使井冈山根据地扩大到周围多个县，面积达七千二百平方公里，人口五十余万。湘赣边界工农兵政府应运而生，党组织迅速壮大，赤卫队、少先队、儿童团迅速发展，井冈山革命根据地由此进入全盛时期。但是，对毛泽东更严峻的考验还在后面！

第二部

帅旗飘扬

【字幕】莫斯科 1928年6月 中共召开第六次全国代表大会，会议认为党的总任务不是进攻和普遍地组织起义，而是争取群众准备新的革命高潮的到来，但对中国革命的特点还缺乏深刻的认识。

一幢三层楼的白色别墅——中共六大会址。

办公室里，一个苏联人和瞿秋白、周恩来一起讨论中共六大文件草案。

【字幕】共产国际东方部副部长 米夫

"苏联革命首先在中心城市发动，而后席卷全国，这是放之四海而皆准的普遍真理，具有普世价值。"米夫说着，拿起一沓文件底稿，分别递给瞿秋白和周恩来，"……所以中国进行土地革命，还要进一步强调工人和白军士兵运动的重要性。而你们党的有一些同志却躲在农村，甚至与土匪合作，这不能姑息迁就……"

"有些土匪是绿林好汉，可以争取……"瞿秋白翻着文件，抬头对米夫说。

周恩来放下文件："他们也反抗国民党，有革命意愿……"

"即使如此，他们的首领也应当当作反革命的首领看待，"米夫断然打断周恩来的话，"即令他们帮助武装起义亦应如此。这类首领均应完全歼除。"

空中传来一阵巨大的飞机轰鸣声，三人的目光被吸引到了窗外空中。

——十余架歼击机编队从空中飞过，蔚为壮观。

米夫自豪地说："我们苏联即将成为世界第二工业大国！"

瞿秋白和周恩来对视一眼，没有笑容，因为他们想到的是还在黑暗中苦斗的祖国。

【字幕】江西 井冈山

曲折蜿蜒的小路上，红军挑粮的队伍向山上行进，朱德也挑着担子走在队伍中，章志林走在他的前面，个个汗津津的。

"军长，"他身后的一个战士喊，"你又来挑粮了，毛委员怎么没来？"

朱德："毛委员很忙啊，我代表他。"

挑粮的队伍走过一幢黄土农宅，章志林将粮食挑子换了个肩，一抬头，忽然眼睛一亮，喊道："军长，你看！"

朱德循着他示意的方向望去，只见黄土房屋的墙根泛出一层白霜，也不禁喜出望外："土碱！"

章志林："这可是宝贝呀，可以刮下来当盐吃！"

朱德、章志林等几个人忙把粮食挑子放到路旁，兴奋地朝土墙跑去。章志林跑到墙边，拔出了别在腰间的刺刀。

朱德吩咐说："小心点刮，别浪费，我们可是个把月没吃到盐了！"

章志林蹲在墙边小心地用刺刀往下刮白色的土碱。

红四军军部。刚放下粮食挑子的朱德，擦着汗迈进门槛。毛泽东和陈毅正在看着桌上的一张地图。

朱德："二位都在啊，我在山下得到一个新的情况：敌军有六个师，正准备会剿井冈山，有几条主要的挑粮道路已经被封锁了。"

三个人都神色严肃地去看地图。

毛泽东看了一会儿地图，对朱德说："还是你我的老打法——敌进我退，敌驻我扰，敌疲我打，敌退我追。"

朱德："这次情况不同，我们严重缺粮啊。如果敌人把大小五井的出口都封住，过个把月，我们就没有可用之兵了。"

毛泽东沉思片刻，问："你是想打出山去？"

朱德："井冈山东边是赣江，西边是湘江，都水深流急，不易徒涉。北边又是敌军重兵驻防的南昌、长沙等大城市。千把人在山里打圈圈没问题，要是几万人就转不开身了。我们总要出山发展嘛！"

陈毅沉思："眼下这井冈山既不能死守，又放弃不得……"

毛泽东踱了两个来回，有了主意："'围魏救赵'！由彭德怀率红五军坚守井冈山，我们率红四军下山，绕到敌人侧后去。"他挥拳做了个狠狠一击的手势，然后用询问的眼神望向朱德和陈毅。

朱德看看毛泽东和陈毅，叹了口气："分兵，山上山下兵力都不够啊，不过也只能如此了。"

【字幕】井冈山黄洋界

夜幕中，步枪、机枪吐出的火光和手榴弹爆炸的火光交织在一起，形成一片火网。

随着枪声的逐渐平息，烟幕散去，阵地上的战斗员已经为数不多。

"狗娘养的，总算退下去了！"潘树安直起身子向山下啐了一口。

【字幕】红五军军长 彭德怀 时年30岁

彭德怀提着驳壳枪，大步从阵地另一侧走来。他的衣袖被弹片撕成了碎片，随风飘动着。

"章师长呢？"彭德怀急切地问。

潘树安急忙朝四周张望，发现章志林靠在一块石头上，浑身是血，已经昏过去了，地上放着一支驳壳枪。两人急忙跑过去。

"章师长！志林！"彭德怀托起章志林的头部。

章志林渐渐清醒过来，睁开眼睛。

哧啦一声，潘树安扯下了自己的衣襟，给章志林包扎伤口。

彭德怀神态冷峻："志林，现在完全清楚了，敌人共十四个团，两万八千人——是我们的整整三十倍！毛委员、朱军长他们下山至今毫无消息……"

"你们突围吧，不能让敌人连锅端了！"章志林吃力地说。

这时，随着一声尖啸，一颗颗迫击炮弹在阵地上炸响了，紧接着从背后射来了密集的弹雨。彭德怀吃惊地转身，只见哨口后面的小路上涌出一大群白军。

他举起望远镜，镜头里，白军的向导正在朝红军阵地上指指戳戳——这向导就是那个独眼驼背、仇恨平分土地的富农。

彭德怀赶忙单腿下跪，伸手去扶章志林的胳膊："快，我们一起走！"

"我不行了，血都流在肚子里了，腿也打断了，你们给我留一颗手榴弹！"

彭德怀二话不说，对潘树安使了个眼色，两人一起去抱章志林。

章志林用尽全力，两手拼命一推，彭德怀和潘树安冷不防被推得歪倒在一边。章志林随手捡起了地上的驳壳枪，顶在自己的太阳穴上："我数三个数，你们再不走，我就打碎自己的脑袋！——一——二——"

倒在地上的彭德怀和潘树安连忙坐着倒退数步："志林……"

"你们突围出去，还能替我们报仇！丢一颗手榴弹过来，快！"

彭德怀和潘树安无奈地交换了一个眼色。潘树安从手榴弹袋里掏出一颗手榴弹，轻轻丢到章志林身旁。

"德怀、树安，"章志林努力笑了笑，"你们一定要打出一个新中国，不然有一天你们来地下找我，我绝不饶你们！"他大口地喘着粗气，"我章志林的魂灵，永远守卫井冈山！"

身后密集的枪声越来越近了。

"你们再不走，我就——"章志林又用驳壳枪顶住了自己的太阳穴。

彭德怀和潘树安起身，同时向章志林敬礼，抹了一把满脸的泪水，转身飞奔而去……

一群国民党兵端着枪吆吆喝喝地走过来。其中一个一扭头，发现了不远处靠在石块上奄奄一息的章志林，他惊慌地伸手一指，同伙们立刻如临大敌，在距离章志林十来步的地方，圈成了一个半圆，把章志林围在中间。士兵们嘀咕着：

"他手上有枪！""是个当官的。""活捉红军军官有重赏……"

忽然，人群从中间分开了，一个身穿将校呢的中校军官和那个富农走了过来。

富农盯着章志林看了一会儿，惊叫道："他是个大官，是师长！"

中校军官仔细瞅了一下这位躺在地上的红军：章志林一身单薄的破烂军装，赤脚穿着两只不同颜色的碎布条编成的草鞋。中校下意识地瞄了一眼自己的呢军装，怀疑地盯着富农："师长？就这破军装？"

富农："错不了，那些当兵的都叫他章师长。"

"真是师长？"中校顿时来劲了，命令一个士兵道："你，去把他手里的枪给下了。"

那个士兵畏畏缩缩地朝中校看了一眼，硬着头皮，挺着带刺刀的长枪，提心吊胆，一步一步向章志林走去。章志林似乎已经失去了反抗能力，一动不动。士兵走到近前，用刺刀拨开了章志林手上的驳壳枪。敌人都松了一口气，呼的一下聚拢过来，把章志林围在中间。

"一个师长，身上总该有几根金条吧？"中校军官贪婪地笑着，伸手朝章志林腰间摸去。

章志林的身下忽然发出咻的一声！他猛地圆睁双目，哈哈大笑，从身下抽出了一颗青烟直冒的手榴弹。敌人大惊，纷纷抱头鼠窜，可是已经晚了。

"井——冈——山——"随着章志林的呼喊，手榴弹爆炸，敌人——包括那个中校军官和富农都血肉横飞！

章志林的吼声和剧烈的爆炸声，像滚滚惊雷一样在群山中回响震荡……

【字幕】江西大余

蜿蜒曲折的山路。红四军成一路纵队急行军。

北风呼啸，雨雪霏霏。指战员们却敞开着衣领，不时擦拭额上的汗珠。虽然人疲马乏，但队形却很严整，与当初撤向井冈山时稀稀拉拉的情景截然不同。

宿营地。朱德拿着望远镜站在一块大圆石上向远处观察。

一位俊俏的女红军悄悄走到他的身后。她身材高挑，五官精致，满是笑容的脸显得生气勃勃。

【字幕】红四军政治部宣传员、妇运科长 伍若兰 时年25岁

朱德看到她微微一笑。

伍若兰："玉阶，陪我坐一下好吗？"她看到朱德有些犹豫，央求地说："只要三分钟！"

朱德伸手把妻子拉到石头上，陪她一起坐下，在那块椭圆形的大岩石上看晚霞。

绚丽的晚霞中显出两个人依偎在一起的剪影。

火红的太阳有一半沉到了西边的地平线下，满天五彩云霞……

伍若兰依偎在丈夫的肩头："晚霞好美呀……今天是跟你结婚以来最浪漫的一天。"

朱德握着伍若兰的手："等革命成功了，我天天陪你看晚霞。"

"革命什么时候才能成功啊？"

朱德瞅着晚霞："……"

伍若兰伸手轻轻抚摸朱德胡子拉碴的脸："等到革命成功，

恐怕你已经是一个白胡子老爷爷，我也是一个满头白发的老奶奶了……"

"这也值啊，"朱德温柔地握住伍若兰的手，"我们的子子孙孙从此就能过上好日子了！"

伍若兰充满信任地注视着朱德，眼睛放光，似乎看到了胜利，渐渐地笑靥如花，朱德在她面颊上轻轻地吻了一下……

东方拂晓，浓雾弥漫，整个山谷还在一片沉寂中。

忽然，村外传来几声枪响，接着村里开始骚动起来。

陈毅匆匆挎上枪，一边扎腰带，一边跑到屋外。刚出门，一个白军士兵从旁闪出，抓住了他的大衣。

警卫员提着枪跟在后面，看见陈毅和白军扭成一团，想朝白军开枪，又怕误伤到陈毅，一时急得不知如何是好。

陈毅凭着他强壮结实的体魄，把大衣向后一抛，正好罩住敌人的脑袋，自己猛往前跑。又一个敌兵扑上来。陈毅挥臂一拳将他打倒，警卫员瞅准空子，连发数枪，击毙了两个白军。

陈毅抽出短枪，拔腿跑向村南。整个山谷充满枪声。

毛泽东的警卫员从客栈中急急忙忙地跑出，焦急地四下探寻，贺子珍提枪跟在他的身后。

"毛委员！毛委员！"警卫员大声喊道，"毛委员，你在哪里——"

拴在树桩旁的大灰马惊慌地嘶鸣起来，昂首蹶蹄，扯紧的绳索被绷断了一股。

寻淮洲率领几个战士跑来，他一把揪住警卫员的衣襟：“怎么，你把毛委员丢了?!”

“我……我，一醒来就……”警卫员紧张地说。

寻淮洲把警卫员猛地一推，转身就向南跑，同时大声呼喊：“毛委员！毛委员——”

“毛委员在这里呢！”毛泽东提着驳壳枪迎面跑来，大声喊道，“北边是怎么回事？”

不等寻淮洲回答，北边已经涌来一股人流——这是撤退下来的军部勤杂人员，有人挑着伙食担子，有人抬着油印机，他们压低嗓门说道：“敌人围上来了！”

“镇静！”毛泽东迎着人流快步上前，但是周围的嘈杂声淹没了他的声音。他举枪对空开了一枪：“不要惊慌，往外冲！”

朱德、陈毅等人分别冲出土围子，来到离小河不远的一条田埂下。迎面射来一阵枪弹，众人不得不匍匐在地。

原来，一股白军埋伏在河边截击红军。

“弟兄们，活捉朱毛，赏大洋三千呀！”敌军上尉狂叫着。

伍若兰手握双枪，左右开弓，不断有敌人在她的射击中倒下。驳壳枪发出机锤空击的声音，子弹打光了。她焦灼地四下顾盼，眼睛一亮：那匹大灰马正嘶叫着从后面奔跑上来。伍若兰一招手，大灰马扬蹄向她奔来。

“寻淮洲！”伍若兰喊了一声，“你保护好军部，一班跟我来！"她一个箭步跑到大灰马身边，抓住缰绳，纵身跃上马背。

大家都吃惊地看着她。

"若兰！"朱德明白了她的意图，急忙起身。伍若兰向朱德一挥手："玉阶，你……你们多保重！"她深情地注视朱德一眼，用脚猛地一踢马肚，大灰马向东奔驰而去。

一班战士跑步紧跟伍若兰。

河边的白军立即被伍若兰的行动吸引了："连长，有人骑马跑了！"

"一定是个大官！""他就是朱毛！"

"弟兄们，"上尉军官兴奋地一挥枪，"跟我追！"

寻淮洲抓住敌人分神的机会，大喊一声："跟我来！"便率领战士们奋不顾身地冲到河边，朱德等人跟在后面，来不及挽起裤腿，就蹚进冰冷彻骨的水里。

东边，白军上尉军官举枪瞄准，士兵们也一起举枪。一阵枪响，伍若兰剧烈地晃动了一下，身体猛地一歪——落下马背。

一群敌兵狞笑着围了上来……

在一个几面透风的茅草棚里，毛泽东正写字。忽然，他感到心灵一颤，一滴墨汁从笔尖上滴落下来，在稿纸上化开很大一摊墨迹。他猛地站起身。

贺子珍热泪盈眶地从外面跑进来，一下扑到毛泽东的胸前，呜咽着说道："乡亲们传来消息，说敌人把若兰大姐打得死去活来，还要把她砍头示众……"

毛泽东满腔悲愤。良久，他抚摸着贺子珍的秀发，轻声说："一些伍若兰一样的好女子，都是因为嫁了朱德和我这样的'匪首'，才……子珍，你跟了我，后不后悔？"

贺子珍从他怀里抬起头，泪光蒙眬的大眼睛望着他："不后悔，我为什么要后悔？我要为你多生几个孩子！革命是杀不完的！"

敌军审讯室里，几个敌军官兵在拷打伍若兰。她被五花大绑在柱子上，皮开肉绽，鲜血淋淋。

一个膀大腰圆的家伙气喘吁吁地停住抽打伍若兰的皮鞭，问道："你说不说？朱毛红军在哪里？"见伍若兰没有回答，就丢下皮鞭，从旁边的炉子里抽出一根烧得通红的铁条，举到伍若兰的面前，恶狠狠地吼道："说，朱毛红军在哪里？"

伍若兰艰难地抬起头，愤恨地盯着眼前的敌人，一字一顿地说："朱毛红军在老百姓的心窝里！"

恼羞成怒的敌人把通红的铁条使劲按到伍若兰的身上。这位红军女战士的身躯上顿时冒出一股青烟，响起皮肉被烧焦的滋滋声。她惨叫一声，垂下头，昏死过去。

一间破草房里，朱德双手撑着桌面，埋头看地图。门响，毛泽东走进来，朱德抬起头，望着战友，两眼露出深深的悲伤。毛泽东上前两步，和他紧紧握手，相对无言……

朱德："下山以来我们连续打了五个败仗，敌人骄傲得很，妄想让我们万劫不复，我们就先打他个一蹶不振。"

毛泽东："我也是这么想的，我们兵力不足，既不能'围魏'，也不能'救赵'，敌人以为我们已经溃散了！但是败有败招，眼前这个叫大柏地的地方十分有利于打埋伏。我们就在这里杀他一个回马枪！"

【字幕】江西瑞金 大柏地

茫茫雾海，遮断了所有的视线，只听见山谷里枪声大作，陷入红军埋伏的敌军四面受敌。雾海中展开了一场惊心动魄的拼杀：枪声、手榴弹爆炸声、刺刀碰撞声、大刀砍杀声、咒骂声、呐喊声、惨叫声、哀求声、呻吟声交织在一起。时而这种声音成为高音，时而那种声音如异军突起，此起彼伏，不绝于耳，双方势均力敌，筋疲力尽。

山坡的树林里。毛泽东做了个手势，跟着他急行的一排战士都停了下来。毛泽东问身旁的赵石头："还有多少子弹？"

赵石头的肩头挎着一个用绳子系着的煤油桶："每人五发，还一枪未放！"

毛泽东满意地点点头，对聚拢过来的战士说："双方已经打到山穷水尽！你们是我的警卫排，也是我手上最后的预备队，我们冲上去，不是敌人灭了我们红四军，就是我们红四军灭了敌人，我们冲还是不冲？"

"冲！"战士们挥舞着手中的长枪大刀高喊。

毛泽东："是敌人灭了我们，还是我们灭了敌人？"

"我们灭了敌人！"

"好！"毛泽东把驳壳枪往腰上一插，一伸手，"给我拿杆长家伙来！"他接过旁边战士递来的上着刺刀的长枪，大声吩咐："听到鞭炮响，每人打三枪，要一枪撂倒一个敌人，剩下两发冲上去再打，明白没有？"

"明白！"战士们齐声应道。

毛泽东一挥手："成一线散开，占领射击位置！"

战士们立即展开成散兵线，有的依托树干，立姿举枪准备射击，有的在灌木丛后面，成跪姿射击姿势。

毛泽东命令道："放鞭炮！"

已经做好准备的赵石头从干粮袋倒出一长挂鞭炮，小心点燃，将哧哧冒烟的鞭炮放入地上的煤油桶里，顿时"机枪声"大作！

战士们纷纷冷静地扣动扳机。猝不及防的敌兵被打倒一片。

三声排枪后，毛泽东命令："司号员，吹冲锋号！"

激越昂扬的冲锋号响了。

毛泽东大吼："想让子子孙孙都能吃饱饭的，跟我冲！"第一个持枪奋勇冲向敌群。紧紧跟在他身后的三十多个战士如猛虎下山，争先恐后地向敌人扑去。

枪林弹雨中，一发炮弹在附近爆炸。紧随毛泽东的赵石头一个跟跄，被气浪掀翻了，鲜血喷溅到毛泽东的军装和脸上。他没有犹豫，一边冲锋，一边持枪抵近射击，连续打倒几个敌人……

遭到突然袭击的敌人惊慌溃乱，潮水般地向后退去……

十余支红军冲锋号齐声响起来，号音雄壮激昂，压倒了所有的声音……

【字幕】 1929年2月12日 江西赣州

伍若兰浑身血迹，伤痕累累，傲然屹立在赣州城下。她轻蔑地扫了一眼面前几十个举刀弄枪的敌人，抬着高傲的头。

一个敌军军官提着大刀，在她面前晃来晃去："伍若兰，只要你宣布跟朱德脱离关系，跟共产党脱离关系，我们立刻就释放你。"见伍若兰根本没有搭理他的意思，恼羞成怒地举起大刀："你再不说，就叫你一刀两断！还要把你的脑袋挂在城门上示众……"

伍若兰抬起戴着镣铐的手，整理了一下头发，忽然露出一丝向往的微笑，她用尽力气对着蓝天白云高呼："玉阶，朱毛红军，愿革命早日成功!"

大刀猛挥，鲜红的血光遮天盖地！

伍若兰的呼喊在天地间回荡……

朱德深情地注视着五彩斑斓的天空——那里似乎传来了伍若兰最后的重重叠叠的回音："……愿革命早日成功!"

朱德慢慢地、庄严地举起手，向晚霞和落日敬礼，眼中涌出了泪水。

一队红军战士打扫战场归来，押着长长的俘虏行列，自豪地走向驻地。

毛泽东、朱德、陈毅同战士们一样，每人身上都背着一支缴获的步枪，手里提着长长的子弹袋。

他们来到村口，把大堆大堆的战利品堆放在一起，贺子珍和其他几个干部将所有的战利品一一登记在册。

指战员们已经排列整齐地坐在广场上。

毛泽东神采飞扬地走到队列前。

"同志们，"毛泽东显得轻松、诙谐，"六十年风水轮流转，我们是'六十天风水轮流转'。马克思的在天之灵让我们经受了五战皆败的考验以后，很快又开始保佑我们了！"

这时，一副担架朝这边抬了过来，担架上还滴答滴答地往下滴血。

朱德吃惊地迎上去，俯身朝担架看了一眼，就快步向毛泽东走去。

毛泽东继续在演说："……一直盯在后面的敌人，想一口吞掉我们，哪晓得撑破了肚皮！我们就要返回井冈山了！回到家里，我们可以休息整顿，深入开展土地革命，开展工人和白军士兵运动……"毛泽东神采飞扬地说着。

朱德来到他身边悄悄地讲了一句。顿时，毛泽东变得茫然失措起来，一扭头，看见了停在不远处的那副担架，以及奔向担架的两名卫生员，搓着双手，一时不知道该怎么结束自己的演说："……同志们，我们一定胜利！……现在各部队带回！"

广场上响起此起彼伏的口令声。指挥员们带领自己的队伍，踏着整齐的步伐，跑步返回驻地。

毛泽东一路快跑奔到担架旁。只见潘树安缓缓苏醒过来，脸色苍白，咬紧嘴唇，忍耐着军医对伤口的处置。

毛泽东握住潘树安伸过来的一只手："树安，你怎么来了？"

"毛委员、朱军长，彭军长要我寻找你们……井冈山失守了……"潘树安话没说完，就泪流满面。

毛泽东、朱德大惊失色。

一个抬担架的战士在一旁报告说："他们一行人在路上中了地主民团的埋伏，我们冲上去，只救到他一个。"

毛泽东一把将军医拉到一旁，低声问："他伤得怎么样？"

"腿打断了，失血过多，已经发生感染，需要卧床，加强营养。"医生不安地说，"否则这条腿肯定保不住了，很可能有生命危险。"

毛泽东想了想，把朱德拽到一边，低声交流了几句，朱德点点头。毛泽东走到潘树安跟前，这时医生已经将伤口做了简单的处理。

朱德对担架边上的几个人挥了挥手，意思叫他们离开。

大家都散开了。

毛泽东握住潘树安的手："树安，我交给你一个任务。"

潘树安那悲戚的眼睛闪出了一丝光芒，他努力用虚弱的声音说："我保证完成任务！"

毛泽东："这可是你说的。"

潘树安感到毛泽东的口气有些奇怪，诧异地望着他，虚弱地问："啥……任务？"

毛泽东："我们马上派人送你回家。你也不要挑三拣四了，与那个姑娘赶快结婚。跟老婆多亲热亲热，留个后，就回部队来。"

潘树安大惊："……这、这，怎么可以？"

毛泽东一脸严肃："我是以政治委员的身份给你下达正式任务，不讲价钱。"

潘树安伸出双手紧紧握住毛泽东的手，流下了热泪。

【旁白】潘树安回到家乡后很快结婚。妻子怀孕后，他的伤也初步痊愈，又返回了部队，任军级指挥员。在1930年的战斗中英勇牺牲。

毛泽东在农舍内踱来踱去，愁眉不展。一个声音在他脑海里回响："井冈山丢了……"

"快来剪头吧，"随着一个欢快的声音，贺子珍跑了进来，她晃晃手里的剪刀，"总算轮到你了。"说着就往屋子中间拖了一张长条凳，要毛泽东坐下。

毛泽东似乎对她视而不见，仍然沉浸在自己的思路中："部队往哪里去呢？"

贺子珍有点急了，又朝毛泽东眼前晃晃手里的剪刀："别人还等着用呢！"

毛泽东有点不耐烦地推开贺子珍伸到面前的剪刀："别闹……"

贺子珍："你这头发长得都快长虱子了，陈主任说今天要检查个人卫生的！"

"喔，"毛泽东回过神来，先愣了一下，然后夸张地朝贺子珍甩了甩自己的长发，一副很潇洒的样子，"不用剪，我这个长发不是很飘逸吗？"

贺子珍别过脸，抿嘴一笑，一双忽闪忽闪的大眼睛盯着丈夫英俊的脸庞："你没听说'头发长见识短'吗？"

"喔……"毛泽东一时尴尬无语。

贺子珍拉着他的胳膊，毛泽东无奈地坐到长条凳上。那个声音仍然在他心里萦绕："部队往哪里去呢？"

黄昏，指挥员们又聚在一起。

"跟我走吧。"毛泽东双眼布满血丝，但却竭力振作精神，鼓动大家，"当初我们被迫上山，如今又被迫下山。我还是那句话，'天无绝人之路，摸着石头过河'，中国这么大，军阀矛盾这么多，不愁没有我们回旋的余地……"

黑夜中。"砰、砰、砰"响了几枪，几个人影跑动着。

"抓活的，别让他跑了！"这是陈毅的声音。

过了一会儿，一切归于寂静。

拂晓，吉安县东部某村一个牲口棚里。

"报告主任，俘虏带来了！"两个战士向陈毅报告。

俘虏上身穿一件说不上什么颜色、没有任何标识的军装，下身穿着农民的肥腿裤。

"来，坐下。"陈毅和颜悦色地招呼，"我们红军优待俘虏。"

俘虏在长凳上坐下，腰板笔直。

"你们到底是什么队伍，竟敢刺探我们的情报？"陈毅问，"是中央军？"

俘虏不语。

"看你这身军装，也不像是哪个军阀的杂牌军。地主团防？"

俘虏摇头。

"那么，土匪？"

俘虏还是摇头。

"站起来！"陈毅突然大吼一声。俘虏不紧不慢地站了起来。

"你以为我们宽大无边吗？再不说话，老子剥你的皮！"

俘虏继续保持沉默。

"拉出去！"陈毅一拍木栅栏，两个战士上前架起俘虏就往外拖。

"等等，我说。"俘虏被架到门口时开口了。

"我就知道，你小子是兔子胆。"陈毅得意地笑笑，"说吧，什么队伍？"

"和你们一样，是红军！"

陈毅愣了一下，又激怒起来："你是不见棺材不落泪！架出去！"

战士又往外架俘虏。

"真的！"俘虏奋力挣扎，"我真是红军，是江西独立二团的。县委说朱毛红军从井冈山游击到这里，团长特地派人到处打听，想接应你们……"

"江西独立二团？"陈毅陷入困惑之中，"你小子以为我是傻瓜吗？中国红军根本就没有这个团！"他又一转念："我问你，你们团长叫什么名字？"

"李文林，我们团长叫李文林……"

江西独立二团团部。一个二十八九岁的精干小伙子，向毛泽东、朱德汇报。

【字幕】中共赣西特委秘书长、独立二团团长 李文林 时年29岁

"文林同志，我们在井冈山上消息闭塞、耳目不灵，从来没有想到，赣南还有这么多红军哩！"毛泽东感叹地说道。

"被迫下山，摔了个跟斗，倒抱了个金娃娃！"朱德乐呵呵地说。

"我们那么多人，搞了一年，也只搞了六个县。你们这里没有井冈山那样的险峻地形，人也少，倒搞了两个县。我们不打仗，每天两餐，三分钱伙食，打仗吃三餐，一角钱伙食，就这点伙食费，还是最让我们焦头烂额的事。你们的战士每天一角五分的伙食费从来不少，经济上很有办法，真是'山外有山，天外有天'啊。你们这是怎么弄的？"毛泽东兴趣盎然地问。

"我们把农民秘密发动起来，表面上看什么也不变，实际上都是我们说了算。敌人没把我们当回事，实际上，我们得到了大发展。"

"哦，'白皮红心'。"毛泽东恍然大悟，他指着李文林对朱德说，"'白皮红心'！井冈山地势险峻，但是树大招风，容易遭到敌人的围困；而他们这种做法，无论在中国的哪个农村都可能行得通。蒋介石那几百万军队，要是撒在全中国，那就像撒胡椒面儿！"

"我们只是小卒子。"李文林有点腼腆地说。

"小卒子能派大用场。"毛泽东站起身，一边踱步，一边沉吟，"我们专门到敌军薄弱的地方去发展，再把一块一块小区渐渐地连成大片，不就把城市包围了吗？这也许就是一条出路……看来我们就不必回去了，就在赣东和闽西这一带发展，也许更有前途啊！"

朱德深有同感："这就叫'山重水复疑无路，柳暗花明又一村'。"

毛泽东非常高兴地看着李文林："文林啊，我要把你们的经验写到文章里去！谁说中国同志没有发明创造？这就是一个！文林同志，我们要派一个人参加赣西特委并兼任东固区委书记。"

次日凌晨，队伍即将出发。毛泽东在屋里收拾行装。

"不，我不留下！"毛泽覃一脸不悦，坐在窗下。

"为什么？"毛泽东把手里的东西放下。

"我在三营这么久了，和大家同生共死，大家信任我、尊重我，我说什么他们都听。可是留在这里，人生地疏，人家一定把我看作外来户，我只能是个'光杆书记'。"

"胡说！威信是靠自己树立起来的。你刚到三营的时候，也没有任何威信……"

"那个日子已经过去了，"毛泽覃打断他的话，"而现在，你又让我一切重新开始！"

"真是不识好歹！我反复考虑了，这地方非常重要，留别人我不放心。可以说，这是对你的特殊信任。"

"我不要这个特殊信任！"毛泽覃倔强地说。

外面传来集合号声，毛泽东不容分辩地说："这是命令！"

"我拒绝执行这个命令！"

毛泽东大为光火，顺手拎起靠在墙边的一根棍子，对着毛泽覃的屁股，"啪！"就是一棍子。

毛泽覃没有料到毛泽东会发这么大脾气，捂着屁股，转身跑出门外。

毛泽东放下棍子，几步追到院子里。这时候朱德正从大门外迈进院子，和夺路而逃的毛泽覃险些撞个满怀。朱德惊讶地看看手捂屁股的毛泽覃，又看看满面怒容的毛泽东，心中明白了几分。

"泽覃，"朱德亲切地拍拍他的肩膀，"是不是不愿意留下来呀？"

毛泽覃把手放开，窘迫地点点头。

"哈，这就是你不明事理啰。"朱德大笑起来，"昨天陈毅吟了两句诗：'此是东井冈，会师天下壮。'他把东固比作东面的井冈山，也可以说是中国的第二座井冈山，大有可为，难道你不想大干一番吗？"

毛泽覃不好意思地低下了头。

又一阵集合号声响起，朱德解下自己的手枪，又掏出毛泽覃的手枪，双手掂了掂："来，我俩换一下，做个纪念吧。"

毛泽覃点点头，接过了朱德的手枪。

毛泽东向他伸过手来："老弟，我们也告个别吧。"

毛泽覃却把脸扭到一边。

"嗯？要断绝兄弟关系啦？"毛泽东笑起来。

"哼，我有错误你可以批评、可以处分，但不能打人——共产党不是毛家宗祠！"说完扭头就走。

"哎，你说得对……"毛泽东尴尬地追在他后面喊了一声，见毛泽覃头也不回，只得停住了脚步。

朱德："润之啊，你脑子反应快，一般人跟不上你的思维，你就发火，还真有点儿家长制的作风呢！"

毛泽东有点不以为然："现在要做的事这么多，哪有工夫跟他磨嘴皮子！"

一座很具地方特色的塔式楼阁。

【字幕】福建 蛟洋 文昌阁

文昌阁里，毛泽东正对三四十个地方党团活动分子讲话。

"……长汀土地革命训练班今天开课了，我来讲第一课。第一课讲什么呢？先教大家唱一支歌——《工农革命歌》，我唱一句，你们跟唱一句。"毛泽东清清嗓子，挥动双手，领着大家唱了起来："我本是一工人，数千年痛苦都受尽，家里多么贫，工厂去谋生……"

一个胖墩墩的汉子，兴致勃勃地朝文昌阁走来。

【字幕】中共闽西特委书记 邓子恢 时年33岁

毛泽东一眼看见邓子恢，急忙来到门口。

"毛委员，这是关于富农的材料，晚上核实了最后一个数字。"邓子恢说。

"好，"毛泽东一边翻看，一边连连称赞，"好，好！你们的经验就是井冈山的教训。不应该没收一切土地，而是应该没收地主的土地，这样就能使富农保持中立……要不然，井冈山也不会失守那么快。"他忽然沉默了，过了半晌自言自语地说："把拥护的人搞得多多的，把反对的人搞得少少的，这就是政治啊！"随即笑容满面："子恢，我要'剥削'一下你的经验，把它写进新的《土地法》。"

"你'剥削'越多，我越高兴。"邓子恢也笑着说。

村头，邓子恢在向农民们做宣传：

"我们共产党的土地法，首先就是没收一切公共土地和地主的土地，分给无田和少田的农民，实现耕者有其田……"

农民中立刻爆发出激昂的喊声："拥护苏维埃！"

"红军万岁！"

"参加红军，保卫土改！"

邓子恢："下面给分到土地的农民发地契！"

欢快的锣鼓声响起来。

"陈阿牛！""张阿发！""赵小毛！"……

随着邓子恢大声点名，人群中不断地传出"来啦""在呢""是我"的应答声。

拿到地契的农民，欣喜若狂，有的将地契贴在脸上，有的双手合十，不断向邓子恢等红军弯腰作揖。

一个瘦得皮包骨头的中年汉子，手捧地契，热泪长流，呜咽着说："我家祖祖辈辈种田，还从来没有种过自己的田……"

他踉踉跄跄地扑到地头，双膝跪下，枯树枝般的双手捧起一把泥土，眼泪扑哧扑哧地掉在泥土上。他把泥土紧紧地贴在胸前……

毛泽东和朱德站在远处的小土坡上，看着这群情振奋的场面。

毛泽东说："除了《土地法》，今后我们还要搞《劳动法》《婚姻法》《保护儿童法》，在这里建设一个新的国家。"

"不过，那样我们就不能集中精力打仗了，什么时候才能夺取南昌、武汉呢？"朱德笑着问。

"不建设政权，我们吃什么呢？"毛泽东笑着反问道，"蒋介石的办法是四句话：'枪指挥党，党抓住政，政抓住钱，钱养好枪。'这对我们有启发。只是第一句话，必须颠倒过来，要改为'党指挥枪'，枪建设政，政管好财，财养好枪。军队建立和保卫政府，政府管好经济，经济壮大军队，日后还怕占领不了中心城市吗？"

正说着，身后忽然传来系着围裙的司务长的声音："两位首长，报告一个特大喜讯——"

毛泽东和朱德转身不解地看着他。

"为了庆祝打下长汀，全体人员今晚——改善伙食！"

晚饭时。"先宣布一条纪律，"司务长对嘻嘻哈哈、围着餐桌的军部人员大声说，"酒、饭管饱，肉是按人头计算的，每人只有一碗，不够的不准添，吃不了的可以带回去。"

"我举双手拥护！"毛泽东端走一碗肉，打趣道，"这红烧肉可是天下第一美味啊！如果大家都抢来吃，岂不成了鸭子吃螺蛳，食而不知其味？"

大家被逗笑了。

朱德笑眯眯地盯着碗里的肉，很是感慨："我们都整整一年没有吃过肉了，要喝一口酒、来一口肉，细嚼慢咽，才够滋味哦！"

毛泽东把肉碗端到鼻子下面，使劲地嗅了一口，一股香气顿时透遍全身。正当他美美地夹起一块肥肉往嘴里塞的时候，警卫员带着一个农民装束的人挤到他的身边："毛委员，特委派来了一个交通员。"

毛泽东愣了愣，急忙放下碗筷，接过交通员递上来的信。看着看着，不禁喜上眉梢。他把信往朱德面前一放："你看！"转身一把拉过交通员："你辛苦了，还没吃饭吧？"

"吃了，我一路上带着干粮。"交通员看着满桌的酒肉有些不好意思。

"来来来，干粮算什么，"毛泽东把自己的那碗肉端到交通员面前，"这碗肉归你了，酒随便喝！"

"这，可真叫人难为情……"交通员嘿嘿笑着，嘴里却咽着口水。

"论功行赏嘛！你这封信非同一般，有战略价值！"毛泽东把碗塞到交通员手里，又递过一双筷子，然后转身对大家说，"同志们，特委转来消息，方志敏的队伍没有被消灭，也在山里搞起了根据地！"

顿时一阵欢呼，毛泽东做了个要求安静的手势，大伙才有滋有味地吃起肉来。毛泽东走到分发饭菜的桌前，他没有再要肉，咂了咂嘴，端起一碗饭，对炊事员说："多加辣椒！"

炊事员笑笑，挖了一大勺红彤彤的辣椒面，往毛泽东伸过来的饭碗里撒了些。

"再加，"毛泽东说，"再加，都加进去！"

炊事员略一犹豫，就把整勺辣椒面放进了毛泽东的饭碗里。

"不吃辣椒不革命，"毛泽东笑嘻嘻地说，"我这碗饭可红过你们的红烧肉啊！"说着他拿起筷子，开始搅拌。

一旁的朱德也乐了："润之，有福同享，有难同当。你可不能搞特殊哟！"说着把自己那碗红烧肉往毛泽东的碗里拨了一半。

【字幕】福建长汀 辛耕别墅 红四军军部

毛泽东背着一只手，异常兴奋地走进司令部。五六个参谋人员迎面站起来。

"同志们，可要沉得住气呀！"毛泽东神秘地说。

"什么事？"一个参谋惊讶地问。

"大家猜猜看。"毛泽东故弄玄虚道。

"熊式辉死了？"一个参谋说。

"再估计得高一点。"

"那么就是朱培德死了！"又一个参谋说。

"再高一点！"

"难道是蒋介石死了吗？"

"再高一点嘛！……为什么非是谁死了不可呢？"毛泽东不

由得笑了起来。

"和方志敏联络上了!"

"不是。"

"发军饷啦!"

"不是。"

"那还能有什么好事呢?"参谋们交换着眼神,嘀咕起来。

"猜不到?告诉你们——蒋桂战争爆发了!"毛泽东兴奋地说。

参谋们一时感到意外,有些摸不着头脑。

"蒋介石和李宗仁打起来了!"毛泽东从身后亮出一张报纸,"看,最新消息——蒋介石率兵亲征李宗仁!中国的红色政权为什么能够存在?就是因为军阀之间混战不断。现在老蒋自顾不暇,周围几个省的军阀又明争暗斗,我们趁乱取胜、大发展的机会来了!"

参谋们都恍然大悟地笑了起来。

上海。中共中央的一个办公处。

【字幕】中共中央政治局常委、实际主要负责人 李立三 时年30岁

"中央派你到红四军工作,主要任务是协助朱、毛坚决执行'六大'文件和给红四军前委的信。"李立三在一个穿西装的青年面前交代着。

【字幕】中央特派员 刘安恭 时年30岁

"要把十月革命的经验、苏联军队的制度，多向红四军的同志宣传，要求毛泽东坚决执行以城市为中心的路线。"李立三兴奋地说，"现在各地起义不断，或许再过一年半载，我们就能会攻武汉，饮马长江，影响半个中国啊！明白吗？"

"明白。"刘安恭敬了一个很标准、很帅气的军礼。

红四军司令部屋子里，墙中央挂着一张大幅的江西省地图。毛泽东用铅笔在图上指点着，朱德和陈毅坐在一边，聚精会神地看着地图。前委秘书趴在桌上，记录他们的发言。

"直接打南昌，我们没有这个实力。但是可以逐步包围它。"毛泽东分析着形势，但显然身体不适，脸色苍白，额上汗津津的，"赣北，是秋收暴动发源地；赣西，有彭德怀可以打回去；赣南有李文林、毛泽覃；赣东北有方志敏。"毛泽东说一个地区，就用笔画出一个红色圆圈，于是，南昌明显地陷入了红色区域的四面包围之中："这样，实际上造成了对南昌包围的形势。"

朱德等都点头赞许。

毛泽东："我们在这个基础上，继续创建大片农村根据地，假以时日，还怕拿不下南昌吗？"

"报告，"警卫员进来，"上海来人了。"

随着这一声，进来一个商人模样的人。毛泽东等三人都站起来，商人摘下礼帽。朱德惊喜地叫了一声："刘安恭！"

刘安恭虽然穿着便服，仍向三位领导敬礼，随后张开双臂，和小跑过来的朱德热烈握手、拥抱。

朱德向刘安恭介绍说："这是红四军前委书记毛泽东同志，红四军政治部主任陈毅同志。"然后又介绍刘安恭说："安恭同志是我的救命恩人，1926年，我在四川搞军运，军阀刘森要杀我的头，安恭正潜伏在刘森手下当参谋，多亏他救了我！后来他又参加北伐，我们又一起参加了'八一'南昌起义……哎，安恭，起义失败以后就没了你的消息，你到哪里去了？"

刘安恭："南昌起义失败以后，党就派我和刘伯承同志到苏联深造去了，整整一年，这不才回来，就上这儿来了。"

毛泽东很高兴："太好了，我们太需要会打仗的人了，真是及时雨啊。"

刘安恭："我带来了中共六大的文件和中央二月给红四军前委的信。我的任务主要是代表中央帮助红四军落实党中央的指示。"说着从随手拎包里取出一沓白纸，递给毛泽东。

朱德瞅了一眼没有任何字迹的空白信纸，马上跑到外屋打来一盆凉水。毛泽东把信纸轻轻放进水中，大家期待地望着信纸。不一会儿，用牛奶书写的字开始在纸上显露出来。

毛泽东、朱德、陈毅等人都围坐在长条桌周围，全神贯注地阅读经过处理的中央文件。

毛泽东看着看着，忽然把一份文件往眼前凑了凑，继而神色大变。

"怎么能这样？"他把手中的文件扬了扬，交给朱德。

朱德接过文件，念道："'《苏维埃政权的组织问题决议案》……与土匪或类似的团体联盟，仅在暴动前可以适用，暴动之后宜解除其武装并严厉的镇压他们……他们的首领应当作反革命的首领看待，即令他们帮助暴动亦应如此。这类首领均应完全歼除。'这……"朱德有点不知所措地望着大家，"按照这个政策，袁文才、王佐同志不是该杀头吗？"

毛泽东："这不是卸磨杀驴吗？"

大家都陷入沉默。

毛泽东："袁文才、王佐同志是忠诚的共产党员，英勇的红军指挥员。你们认为呢？"

每个人都默默点头，认同毛泽东的话。

"那好，我们要向中央说明情况，保护好他们。"毛泽东想了想又说，"这个政策要保密，不能让袁、王二位同志知道。"

大家点头赞同，继续阅读中央文件。

"润之啊，"朱德忽然不安地笑了笑，"中央二月来信明确要你我离开部队……"

毛泽东站起来，接过信看了一会儿，诧异地说："依照共产国际的指示和'六大'决议，目前党的中心工作是城市产业工人运动。而建立固定的农村苏维埃政权，并不能促进革命高潮……为此，应四处分散游击，等待城市武装起义的到来。朱、毛两同志离开部队来中央……"

沉默。大家面面相觑，看得出，在场的人内心都涌起了波澜。

"中心工作是城市斗争？"毛泽东沉吟片刻，"老实说，我对此有所怀疑了。我们的中心城市暴动，全部失败，难道是偶然的？"

陈毅一怔："难道是必然的？"

犹如石破天惊！几个人相互看看，都陷入紧张的沉思，一言不发。

良久，朱德打破了沉默："这不是我们能够下结论的，这是中央和共产国际的事。"

"我们是没有资格下结论，想想总还是可以的。"毛泽东叹了口气，站在那儿身体有点打晃，面部潮红，似乎是病了。朱德担忧地看着他，伸手要在他额上试体温，被他拦住了。陈毅递过一杯热水。

毛泽东接过杯子："现在，我们走遍赣南、闽西，有可能建立二十多个县的政权，这么一大片农村政权，难道不能促进革命高潮吗？"

"这只是一种预计、一种可能性，还没有成为现实。"朱德说。

"朱毛红军刚有点名气，就要我们离开部队了。人怕出名猪怕壮啊！"毛泽东瞅瞅朱德，"我敢说，如果你、我现在离开部队，朱毛红军就不复存在了。你能接受这样的结果吗？"毛泽东喝了一口热水。

"这可是中央指示啊……"陈毅苦恼地拍拍桌上的信件，觉得不好办。

"中央后面还有共产国际，他们了解全国乃至全球的形势……"朱德沉吟道。

"未必如此。共产国际在莫斯科，向忠发等同志在上海，他们根本没来过我们这个穷乡僻壤，却要指挥我们的行动……'将在外，君命有所不受。'部队绝不能分散。你、我也不能离开队伍。一定要走，也要等能力强的同志来接替再走。"毛泽东斩钉截铁地说，"你们只管照我的意见办，对上面由我负责！"他踱了两步："刘安恭同志是一员战将，我建议由他担任红四军临时军委书记兼政治部主任，排名在毛泽东、朱德之下，陈毅之上。"

硝烟弥漫，刘安恭挥动驳壳枪，带领战士们冲锋陷阵。

【旁白】刘安恭担任红四军临时军委书记后，表现出良好的军事素养，指挥部队连续打了几次胜仗。

广阔的田野上，绿油油的庄稼苗壮成长，翻身农民在自己分得的土地上兴高采烈地辛勤劳作。

红四军政治部门口，十几个农民又哭又闹。

"还我老婆！"

"红军哥，你能给我们分田，我们感恩戴德，可不能让我们光有田没有老婆哇！"

"老表，话怎能这样说……"一个红军干部极力劝解，另外几个干部在一旁看热闹。

"就是你们政治部的人成天宣传'自由恋爱''反封建'，我那婆娘硬要同我离婚！"一个干瘦的小伙子气势汹汹。

"我那个不要脸的'自由乱爱'，干脆跑到相好的家里去睡觉了！"一个四十多岁的汉子，捂着脸，蹲在地上哭了起来。

"还我们老婆！还我们老婆！"农民们一起嚷嚷。

陈毅和刘安恭从远处走来。听到农民的吵嚷声，刘安恭不由得皱起了眉头。

"哎，我们领导来了，你们找他们说去！"干部们看到陈毅和刘安恭过来了，喜出望外。

"领导，我们老婆……"农民们围向陈毅。

"老表们，这个婚姻条例我们还要讨论，"陈毅对大家说，"现在你们先回家好不好？你们这些男子汉也窝囊，光哭就能把老婆哭回来？好好种田嘛！家穷养不住金凤凰。"

农民们看看陈毅，无可奈何，一个个没趣地扭头离去。

"唉，红四军真是不务正业！"刘安恭摇头叹息，"居然搞起什么政权建设来，连农民结婚、生孩子都要管。"他看看那些农民，对陈毅说："毛委员没有出过国，眼光太狭隘了，根本不理解俄国革命的经验。"

"前委内部也有不同意见……"陈毅说了一句又停住了。

"现在关键是要落实中央攻打广东梅城的指示。不过我算看出来了，只要毛委员指挥红四军，红四军就不会'以城市为中心'！毛委员的前委应该只管政府的事儿，而红四军的指挥应交给军委。苏联红军就是军事主官一长制。"

"这还了得？"毛泽东大吃一惊，看着陈毅和朱德，"这事关指挥大权啊！"他站起来踱了两步："我决定立即撤销红四军的军委，刘安恭同志去当纵队司令。"

司令部的大院子里。一群飞鸟叽叽喳喳地从头顶上飞过。院子中间摆着一块充当黑板的门板，上面用木炭笔写的"改造错误思想"几个大字还算清晰。干部们席地而坐，听毛泽东发表讲话。刘安恭背着手，在远处冷眼观望。

"……我是没有吃过洋面包，但是据我所知，中国的大米和辣椒也一样养人。"毛泽东用讽刺的口气说，"叫花子打狗要背靠着墙，身后有个依托。黄巢、李闯只知道走州过府、攻城略地，抢光吃光分光。结果风雨一来——死无葬身之地。我的意见绝不动摇：部队在这里驻下，大搞群众工作……"

"报告，"一个干部起立，"要搞群众工作，我们湘南起义的部队也要回湘南去搞。连自己家乡的命都革不赢，还在外头革啥子命哟？"

"对头！""是啊！""回湘南去！"人群中响起了几个人的高喊声。

赵石头也站起来："南昌起义的部队装备那么好，应该二一添作五，大家一样才公平嘛。"

又一个干部站起来，针锋相对地反驳："你们秋收起义的坐地户，饭菜里面油水多，为什么不和我们平分啊？"

"凭什么司令部要住三间房，我们政治部只住两间房？这太不平等了！"

"想要好枪，有本事自己到敌人手里去夺！""想回家搂老婆睡觉就直说。""不能长官说了算，要大家表决。""少数服从多数。"……

大家都很激动，七嘴八舌，互相指责，嚷成一片。

"都住口！"毛泽东大喝一声。干部们安静下来，但还是互不服气地你瞅瞅我，我瞪瞪你。

"我们这里有秋收起义的部队、南昌起义的部队、湘南起义的部队、平江起义的部队，还有附近各县的赤卫队。五龙治水，各有算计。"毛泽东讲到这里，犹豫了一下，"大家想不想听真话？"

"想！"人群里发出吼声。

毛泽东："那我就说说为什么要坚持党的领导。我、朱德、陈毅都是读书人。为啥子要从上海、北京，甚至从莫斯科跑到这深山沟里来？因为我们在那里学了马克思主义，成了共产党员。但是像我们这样的人，中国不超过一千个，就算浑身是铁，也打不了几颗钉。"

说着他用木炭笔在那块木板上画了一个小圈圈："士兵们呢？是最贫苦、最勇敢的农民，在中国少说也有几千万。"

他随手又在那块木板的小圈圈旁边画了一个大大的圈圈："弱点呢，就是小农意识浓厚，往往只盯着眼前那一亩三分地。"

他指着木板上那一大一小两个圈圈："如果什么都搞少数服从多数，那么我和朱德就只能随大流，少数共产党员就会被绝大多数农民淹没和同化！那么我们这支队伍就只有三个前途：要么像陈胜、吴广那样被消灭；要么像梁山好汉那样被招安；要么像朱元璋那样打倒皇帝做皇帝，还是搞人剥削人的那一套。只有靠少数共产党员来领导，才能将大多数人改造成真正的革命战士，我们这支书生和农民相结合的队伍才能天下无敌……"

有人听得暗暗点头，也有人立即嚷嚷起来，打断毛泽东的话：

"奇谈怪论！""群众才是英雄！""凭什么要改造我们？""从来就没有救世主，全靠我们自己！"……

毛泽东不高兴地大声问："你们还听不听党代表的？"

有些人默不作声，不少人一脸不服气。

踱步到附近的刘安恭突然插进来说："按照苏联红军的制度，军队的最高领导是军事首长。"

"这是在中国！"毛泽东反驳道，"我是前委书记，党要实行集权制领导。"

"什么？"刘安恭不由得挖苦道，"党要实行集权制领导？士兵拉屎拉尿也要由你领导？"

"如果不讲卫生，违反了群众纪律，我当然要管。"

"这……太荒唐了！"刘安恭往前跨一步，"我提议开会，究竟由谁领导，应该立即明确！"

【字幕】1929年6月22日 福建龙岩 红四军召开七大

"我不是个人专权，"会场上，毛泽东坚持己见，"而是坚持党的领导权……"

毛泽东话还没有讲完，刘安恭就抢着说："可是你不要忘了，我们也都是共产党员！而且我们都是党派到马克思的故乡、十月革命的故乡，训练回来的。请问毛委员，你知道马克思是什么样的人吗？"

众人的目光一起投射到毛泽东脸上，毛泽东还没来得及搭话，一个女红军站起来。

【字幕】红四军后方总医院党支部书记 曾志 时年18岁

曾志很激动："刘特派员，你不要太小看人，连我都知道马克思是什么人，不就是一个满脸大胡子的外国人吗？"

哄堂大笑。曾志气得满脸通红。

刘安恭摆出一副对曾志不屑一顾的神情："我问的是毛委员！"

众人的目光又聚集到毛泽东的脸上。

毛泽东："好吧，我来回答，马克思是一个脑后长有反骨的人。"

众人大惊，全场沉默。过了一会儿，有人尖叫起来："毛委员胡说，魏延才是脑后长有反骨的人。"

毛泽东："马克思十七岁的时候就说，我们选择了最能为全人类谋幸福的职业，我们的幸福将属于千百万人，后人面对我们的骨灰，将流下高尚的眼泪！他和恩格斯两个人，甚至他一个人的时候，就宣布要埋葬整个旧世界。他一生大半时光到处流浪，过着非常贫困的生活，他的七个孩子夭折了四个，但是他毅然背离了上流社会的家庭，拒绝了资本家的招安，反叛了全世界的统治阶级，也批判了黑格尔、圣西门、傅立叶、费尔巴哈这些闻名世界的学究泰斗，这不是脑后长有反骨吗？"

会场寂静，全体无声。气氛十分紧张。

刘安恭："毛泽东同志，你这是什么意思？你是要鼓动大家怀疑莫斯科、怀疑共产国际吗？"

"不，我只是认为，必须实事求是，把马克思主义中国化！鞋合不合适，只有脚知道，我们不能削足适履而已！"

朱德在一旁拉了拉他的袖子："润之，火气不要这么大嘛……"

毛泽东一甩袖子："'火气是每一个有才华的年轻人的天赋'！刘安恭同志，你是从德国留学回来的，请你做个见证，你总知道这话是马克思说的吧？"

刘安恭瞠目结舌。

陈毅在一边搭话说："我作证，马克思确实讲过这个话。但是毛委员，你不能总是冲着革命同志发火啊。"

"对，这是阶级感情问题。""是阶级立场问题。"……会场上的人七嘴八舌地乱嚷嚷。

毛泽东："不管你们怎么说，我绝不同意红四军去打广东梅城。说句不好听的，广东敌人拔根汗毛比我们的腰都粗……"

朱德："红四军去打广东梅城，是执行中央指示……"

毛泽东："那也要实事求是……"

"好了、好了，"陈毅做了个暂停的手势，"两大之间难为小！毛委员、朱军长，你俩一个是楚国，一个是晋国，我只是小国，我就怕这样闹下去，会使红军分裂呀。这样吧，为了使你们两个都吸取教训，以后加强团结，现在表决同志们的两个提议——"陈毅对着会场说："同意给毛泽东同志严重警告处分的举手。"

一时间会场中多数人都举起了手。

陈毅宣布："通过。同意给朱德同志书面警告处分的举手——"看看也有超过半数的人举手，宣布："通过。"

刘安恭："红四军前委不团结，我以中央特派员的身份，建议大会选举前委书记。我提议，由陈毅同志担任前委书记。"

唰的一下，大部分人都举起了手。

陈毅："同意毛泽东同志担任前委书记的请举手——"

也有相当多的人举起了手。

刘安恭唱票以后大声说："陈毅同志得票多，当选为前委书记。散会！"

毛泽东站起来，脸色非常难看，一个趔趄差点摔倒，一个年轻军官跑过来，扶着他。

【字幕】一纵队司令员 林彪 时年22岁

林彪搀扶着毛泽东的胳膊："毛委员，哪有下级撤掉上级的?！你要挺住！"

毛泽东感动地看了他一眼，点点头。

"寻团长!"朱德叫了一声。

寻淮洲从一旁跨前一步,大声应道:"到!"

【字幕】一○○团团长 寻淮洲 时年17岁

朱德:"毛委员住在你们的防区吧?"

寻淮洲:"是。"

朱德:"你们要负责毛委员的安全,假如出了问题,后果你懂的!"

寻淮洲大声回答:"是,我用性命担保!"

林彪和寻淮洲一边一个搀扶着毛泽东走出了会场,他们走到一棵大树下,这里拴着他们来时骑的马。寻淮洲正要解缰绳,突然从后面来了几个人,抢先把缰绳解开,把马牵走了,还留下一句话:"毛委员现在不是前委书记了,不能骑马了。"

寻淮洲一看拦不住,急急忙忙地朝会场跑去:"朱军长,毛委员病得厉害,我们团驻地离敌人又很近,他怎么能没马呢?"

朱德问:"马呢?"

寻淮洲:"他们说毛委员不是前委书记了,不能配马了!"

朱德大为恼火:"胡扯,你先把我的马给毛委员牵去。"

寻淮洲:"是。"

天黑了,村头的大树下。寻淮洲把毛泽东扶上了马背,自己牵着马,打个火把,小心翼翼地往前走。

村落的院子里。毛泽东懒散地坐在竹椅上。

正在熬药的贺子珍说："你这恶性疟疾，不犯不像病，犯起来真要命。"

毛泽东深有感慨："唉，发热想钻冰窟窿，发冷恨不得盖门板！以后政府要管管这个病，让老百姓少受些罪。"

贺子珍把毛泽东扶起来，来回散步。

毛泽东："先是中央要我离开队伍，现在又撤了我的职！打了近两年的仗，我不敢说自己是'帅才'，'将才'总可以算一个吧？居然当老百姓了，真是暴殄天物啊！"

他接过贺子珍递过的药碗，喝了口汤药："我真想不通，我一手带出来的红四军，居然把我扫地出门?!"

寻淮洲跑进来："毛委员，军部来通知，让你去开会。"

"开会?"毛泽东露出了一丝冷笑，"我这个病今天好一点，明天一定犯，钟点准着呢，去不了吧?"

贺子珍和寻淮洲都连连点头。毛泽东走到桌前，拿起毛笔："淮洲，我写信请假，你派人送到军部去。"说完唰唰唰地写了一页纸。

站在旁边的贺子珍探头一看，劝道："你怎么能这么写，这是病假条吗?"

"只向直中取，不向曲里求！大丈夫当如此也。"毛泽东说着把写好的假条交给寻淮洲，"就这样!"

寻淮洲接过，敬了个礼，转身出去了。贺子珍在一旁唉声叹气。

寻淮洲走了不久，毛泽东感到身上发冷，他对妻子说："这病又来了，给我倒杯热水。"

贺子珍忙给他倒了一杯水，扶他坐到床边上，替他披上了棉被。

毛泽东开始瑟瑟发抖，抖了片刻，他闭上眼睛，长长地呼出一口气，睁开眼睛，有些后悔地说："……那个信是写得不大妥，人家请我去开会，还是看得起我嘛，我说那些话，有些伤感情啊！子珍，你赶快去把那封信追回来……"

贺子珍喘着气，一路小跑来到村口，手搭凉棚张望，路上连个人影都没有……

红四军军部。刘安恭看着毛泽东的信笺，大为恼火："什么'陈毅主义''八边美人''四面讨好'！这是请假条还是下战书？他说党员党内无自由，可是他自己却很自由，想来就来，想不来就不来。不能任由他的家长制恶性膨胀！我要以中央特派员的身份，敲打他一下。"

天下雨了。毛泽东躺在床上，身上裹着几条棉被，还浑身发抖，牙齿碰得嗒嗒作响。寻淮洲跑进来，将一张字条递给贺子珍。贺子珍一看，顿时满腔怒火："杀人不过头点地，他们怎么能这样?!"

毛泽东强打精神，望着贺子珍。

"他们说你未经批准，就不参加会议，又给你一个警告处分，并且让你限时赶到。"

毛泽东长叹一声："这是我不妥在先……解铃还须系铃人啊！淮洲，你给我备马吧。"

寻淮洲："你病成这样怎么能骑马？"

"不能搞得太僵了，军令如山呢。"毛泽东挣扎着坐起来。

寻淮洲："你一定要去，我们用担架抬你去。"

山间小路上，寻淮洲和战士们用一副担架抬着毛泽东。他蜷缩在担架上，不时打着寒战。雨下得很大，一把油布伞遮在毛泽东头顶，下身的棉被都被打湿了。

天黑了。红四军军部院子里。

"咚、咚、咚……"寻淮洲使劲敲门。门终于开了，司令部的值班员不满地探出头来："敲什么敲，赶着去投胎啊！"

寻淮洲："毛委员来了。"

"毛委员来了？"值班员一愣，赶紧向担架跑去。

院子的正房里。刘安恭听到外面有动静，走到门口，听说是毛委员来了，露出了一丝得意的笑容。他盯着大门口看了一会儿，一副担架抬了进来，他也愣了，随后大吃一惊，急忙跑下台阶，探头往担架上一看，不禁叫道："毛委员，你怎么病成这样？"

他伸手摸了摸毛泽东的额头，烫得吓人。"哎呀，毛委员，你病成这个样子就不要来了！我看到你的信，什么'八边美人''四面讨好'……我以为你又在顶牛，就……"他懊恼地抡起拳头对准自己额头就是一拳。

毛泽东有气无力地说了一声："开会……"

刘安恭："毛委员，你病成这个样子，还开什么会！"他吩咐担架队员："赶快送后方总医院。警卫员，把我的被子、油布拿来！"说着他自己接过了担架的一头……

一个农舍的门框上挂着一块画有红十字的布帘子，这就是后方总医院。毛泽东、贺子珍、寻淮洲、曾志都在门口晒太阳。

毛泽东："淮洲呀，我在这里看几天病，交给你一个任务。"

寻淮洲："毛委员，你说吧。"

"你到附近的几个村子里搞社会调查，要弄清楚每个村子有多少人口、多少田，贫农、中农、富农、地主各有多少户，每年收成有多少，一户人家一年大概能吃几次肉，有几个小孩在读书。"

寻淮洲掏出钢笔和小本子："这就是你平时布置给我们的调查提纲啊，我都记着呢。可是你这儿……"

曾志："在我这儿你还不放心？"

毛泽东笑着对寻淮洲挥挥手，意思叫他放心去，寻淮洲站起来敬了一个礼，就转身走了。

毛泽东接过贺子珍端来的汤药碗："我想了这几天，终于想通了，有些同志对党管军队有抵触，也可以理解。我们这支军队有不少是旧军官，还有绿林好汉，他们过去打骂士兵，甚至吃喝嫖赌，习惯了。现在一下子都被党组织管起来，当然有抵触心理，再加上我态度不好，就借题发挥呀。但是'党管军队'动摇不得。"

曾志："你还知道自己态度不好啊，在我们红四军哪个人不怕你？"

毛泽东："你也怕我吗？"

曾志咯咯地笑起来："大概只有贺大姐不怕你……"

贺子珍嗔怪道："我也怕他，眼睛一瞪，像只老虎。"

曾志："你脾气坏、得罪人，连带我们这些支持你的人现在都灰溜溜的。"

"唉，"毛泽东叹了口气，"好话叫人笑，坏话叫人跳；一句天堂，一句地狱。我算深有体会了。怪不得林则徐这样一等一的人物，五十岁了，还要写'制怒'二字，放在案头……"他陷入了沉思。

【旁白】1929 年 10 月，红四军在"左"倾路线指导下攻打广东梅城，遭到失败，部队损失约三分之一。

红军和敌人在梅城进行巷战，敌军从街道两旁的房顶上，向正在街上冲锋的红军猛烈射击，红军不断有人倒下，逐渐不支。

提着盒子枪的朱德叹了口气，对林彪说："撤退吧。"

爆炸声接二连三的小山坡上。刘安恭的部队遇到了撤下来的朱德和林彪。

刘安恭："我们纵队歼灭了敌人两个营三个连，掩护你们先撤！"

朱德和林彪率主力部队迅速撤退。

刘安恭命令掩护部队："一营在正面顶住，二营跟我去兜敌人的后路！"

他拿过一个战士手中的机枪，朝部队一挥手，猫着腰，向一侧跑去。

二营出现在追击敌军的背后，刘安恭大喊一声："冲啊！"端着机枪边射击，边向敌人冲去。敌人在这突然打击下乱成一团，接二连三地倒下去。

突然，一颗枪弹击中了刘安恭的腹部，鲜血立即渗透了军装。

刘安恭晃了晃，单腿跪下，对着扑上来的一群敌人打光了机枪里的最后一发子弹，哈哈大笑，慢慢地栽倒在地上。

大地寂静无声。刘安恭躺在地上，盯着在硝烟中飞舞、弹洞累累的军旗，眼睛渐渐失去了光芒……

【字幕】上海

一间办公室里，陈毅在向李立三、周恩来汇报工作。

李立三问陈毅："你说实话，毛泽东同志究竟怎么样？"

陈毅："试过了，他比我有办法，这个前委书记还要他来当。"

周恩来："党指挥枪，这是对的。绝不能在反对家长制的口号下，削弱党对军队的领导。如果每件事情都要拿到党员当中去讨论解决，这是极端民主化。"

陈毅："是啊，我们已经吃到苦头了。"

周恩来："当然，党也不能包办一切。党委要通过司令部管理军事，通过政治部管理思想工作和群众工作。"

李立三和陈毅点头赞许。

周恩来诚恳地望着陈毅："仲弘，我跟你是老朋友，我还是朱德同志的入党介绍人，我和泽东同志接触不多。但是在你们和泽东同志的争论中——我认为这只是工作方法之争，不是路线之争，我这一票要投给毛泽东。他对于中国革命常常有独到的见解，人才难得啊，要尽量多发挥他的作用。"

李立三："这样吧，陈毅同志，请你起草一份中央给红四军前委的信，政治局讨论通过后，带回去。要恢复毛泽东前委书记的职务，大力支持毛泽东和朱德的工作。"

陈毅："我一定亲自去请毛泽东，哪怕是磕头，也要把他请回来。"

他们一起笑起来。

【字幕】1929年12月 福建古田 红四军第九次党代表大会

在一幢富有福建特色的建筑前，毛泽东、朱德、陈毅一起走向会场。

朱德十分感慨："部队在梅州城下惨败，我真是心疼不已呀！"

毛泽东："也怪我脾气不好，前些时间身体也不好，没有把道理讲透，还讲了一些伤感情的话。还请玉阶兄、陈老弟多多原谅啊！"

朱德："润之，你看问题比我深刻，今后我会鼎力相助。"

陈毅："我这次从中央回来，就是要和你一起打倒'陈毅主义'的。"

他把两个人都逗笑了。毛泽东握住朱德和陈毅的手："我们吵归吵，但谁也离不开谁。'朱毛''朱毛'，朱在前毛在后，没有'猪'，哪有'毛'？"

他们开心地向会场走去。

会场上，朱德、陈毅等人坐在主席台上，代表们认真听取毛泽东在主席台上的发言……

【旁白】会议确立了思想建党、政治建军等"党指挥枪"的原则和支部建在连上、官兵平等、优待俘虏等基本制度，为中国革命的胜利奠定了政治和组织基础。毛泽东也再次当选为前委书记。

毛泽东兴奋地说："……话到嘴边，不吐不快。每十个中国人当中，就有九个是农民；每十个农民当中，就有九个是贫下中农。历朝历代的皇帝老儿，从来就没有灭绝过农民暴动！中国革命怎么搞？现在已经有谱了，就是深入农村，依靠贫下中农，分田分地，建立政权，跟蒋介石代表的地主老财干！他们武器好，但我们人多，七八个人打他一个还打不过吗？同志们相信我，星星之火，可以燎原！也许十年，最多二十年，我们一定能够马踏中原，问鼎天下，打出一个新中国！"

掌声雷动。

【字幕】江西吉安 龙冈

【旁白】1930年秋冬，毛泽东、朱德指挥了第一次反"围剿"，以四万红军对十万国民党军，采用运动伏击的战术，连续歼敌两个主力师，约一万四千人，获得重大胜利。

雾满龙冈，千军万马厮杀不断，枪炮轰鸣，火光闪闪……

寻淮洲和战士们发起了冲锋。红军战士冲进野战帐篷，几个敌人军官正在脱下军官服，胡乱地往身上套士兵服，看见红军冲进来，慌慌张张地举起了双手。

一个战士看到桌上的木匣子上有红灯一闪一闪，上去就是一枪托，红灯熄灭了。他还要举枪再砸，肩头缠着绷带并吊着一条受伤胳膊的赵石头抢上来，一把抓住了砸下来的枪。赵石头好奇地仔细瞅瞅木匣子，把耳朵凑上去听，里面发出"嘟嘟"的响声……

浓雾渐渐散去了，红军战士们举枪欢呼。

【字幕】三十六师师长 张宗逊 时年22岁

张宗逊看见寻淮洲抱着一个木头匣子，在战士们的簇拥下兴高采烈地走过来，急忙问："捉到敌人大官了吗？"

寻淮洲开心地回答："捉到一个顶大的官！"

毛泽东和朱德站在山腰，山下军旗挥动，红旗招展，火红的枫叶将座座山头点染得像火炬一样。

朱德举着望远镜观察战场。毛泽东双手做成喇叭状，朝山沟里喊："捉住敌总指挥张辉瓒了吗？"

山沟里，寻淮洲兴奋地对张宗逊说："张师长，你下口令吧，我们大家一起喊！"

"好！"张宗逊痛快地答应，他挥着拳头下口令，"一、二、三！"

几百名战士举枪齐声欢呼："我们捉了张辉瓒！""我们捉了张辉瓒！""我们捉了张辉瓒！"……胜利的喜讯响彻蓝天。

红四军司令部。毛泽东、朱德、陈毅、寻淮洲、粟裕、张宗逊等凑在一起看放在桌上的木头匣子。

朱德惊喜地说："这是一部电台啊，可惜现在只能收不能发了。"

毛泽东大为兴奋："那也是宝贝疙瘩，我们可以把耳朵伸到蒋介石的司令部里了！抓到敌人的通信兵了吗？"

"有几个在外面站着呢。"寻淮洲回答。

他们几个转身向屋外走去。院子里站着几个年轻的国民党士兵。

陈毅："你们愿意加入我们红军吗？我们官兵一致，长官不打士兵。"

几个俘虏兵互相看看，其中一个怯生生地问："有多少军饷？"

陈毅："红军没有军饷，当兵的都是穷人嘛，红军已经给大家发了最大的军饷，这就是分配了土地……"

"等一等！"毛泽东打断了陈毅的话。他把陈毅和朱德拉到一块，小声说了些什么，说得朱德和陈毅都连连点头。

毛泽东笑呵呵地走到俘虏兵面前："红军是没有军饷，但是你们是特种兵，待遇特殊，每人每月技术津贴五十大洋！"

在场的其他人，包括俘虏和红军战士都听得目瞪口呆。

一个瘦高个子俘虏兵往前跨了一步："我愿意加入你们。不过我不要五十大洋，我只要和你们一样。"

毛泽东："你叫什么名字？"

"王铮，我的专业技术是无线电。"

【字幕】红军首批无线电专家　王铮　时年21岁

毛泽东喜出望外，几步上前握住王铮的手："王铮，欢迎你加入红军，你就是我军组建通信兵的最高长官。那每月五十块大洋嘛，你就放心拿吧，我保证不打白条。"

【旁白】随后，红军成立了军委通信联络局，缴获了更多电台，并逐步开展了无线电侦察。而国民党军在第二次、第三次"围剿"中仍常常使用明码通信，使红军对敌情了如指掌，"对症下药"，大获全胜。

【字幕】江西南昌　国民党军剿总行营

一个疲惫不堪的将军伏案呼呼大睡，武装带和佩枪丢在案头。

蒋介石身披黑斗篷，怒气冲天地走进来，他走到桌前对着桌面使劲一拍，砰的一声，惊得正在睡觉的将军猛地弹起来。

【字幕】"剿共"总指挥　何应钦

何应钦一见来人是蒋介石，慌忙整理凌乱的军装，给蒋介石敬礼。

蒋介石怒气冲天地朝他喊："这第二次'围剿'，我给你二十万，打朱毛四万，你反而被消灭掉四万！太丢人了，太丢人了！"说着竟然以手掩面，呜呜地哭了起来。哭了几声，他一把夺过何应钦恭恭敬敬递过来的手帕，擦着眼泪鼻涕，发狠地说："第三次'围剿'，我要亲自指挥！"

一个激昂的声音在演讲。

【字幕】广东广州　汪精卫

"他亲自指挥，败得更惨，三十万大军打三万朱毛红军，反而被消灭了三万，连整整一万七千人的二十六路军都投了共产党。他根本没有资格当总司令，必须交出兵权！"

座无虚席的礼堂里，听众都使劲鼓掌……

【字幕】江西瑞金

那部电台在吱吱啦啦地响。王铮戴着耳机，一边收听，一边把内容记在了纸张上。

毛泽东、朱德都凑在一旁专心致志地看王铮的记录。

一会儿，他俩抬起头来，相视一笑。朱德："蒋介石通电下野了！"

毛泽东："他是被我们一个大巴掌打得脸上挂不住了，以退为进而已，岂肯交出兵权？"

朱德和毛泽东走在田间土路上。

毛泽东："一年打胜三场反'围剿'，我算明白了：打得赢就打，打不赢就走，这就是军事啊！"

朱德："这可是我们自己创造的'兵法'呀！现在我们正规红军有六万多人，地盘扩展到了二十八个县，五万多平方公里，两百五十多万人口。嘿嘿，我自己都觉得了不起！"

毛泽东十分感慨："风景这边独好啊！"

【旁白】在此期间，中共中央遭到了严重危机。

【字幕】1931年4月 湖北武汉 新市场游艺厅

一个年轻的魔术师在台上表演，他把一块手帕翻来覆去，变出了一束玫瑰、一杯啤酒、一只飞鸟……引来台下阵阵掌声。

【字幕】中共中央政治局候补委员、中央特科负责人 顾顺章 时年27岁

座位席的角落里，一双眼睛冷冷地盯着他。

【旁白】顾顺章为了供养女友，公然表演魔术赚钱，被叛徒认出。

僻静街头的一个院落。门外静悄悄地站着几个便衣特务。院门里面传来拉动门闩的声音，这几个人立即都掏出了手枪——门开了，顾顺章刚一露头，几把手枪顿时顶住了他的胸口。

一个戴着墨镜的特务走上来阴阳怪气地说："顾科长、顾委员，顾顺章！你还认得我吗？"他摘下脸上的墨镜，露出得意的奸笑。

顾顺章叹了口气，很平静地表示："好，我跟你们走。"说着很自觉地伸出双手——一副手铐立即把他铐住了。

在街头飞驰的黑色轿车里。后排座椅上，两个特务把双手戴着手铐的顾顺章夹在中间。

顾顺章："我可以把武汉中共地下党的情况，马上告诉你们，其他事我要面呈蒋总司令，保证三天内将中共中央一网打

尽。但你们千万不要发电报，说我落到你们手里了。"

中统特务的办公室。负责人说："他摆什么谱，不让我们发电报？立刻电告徐恩曾局长，我们逮到一条大鱼！"

【字幕】江苏南京 国民党党部调查科主任办公室
【字幕】国民党党部调查科主任徐恩曾秘书、中共地下党员 钱壮飞 时年36岁
钱壮飞坐在办公桌前看文件。门响，他过去开门，走进来的机要员递上一个文件夹并打开说："钱秘书，武汉站给徐主任的特急电。"

钱壮飞用钢笔在文件夹上签了字，接过电报，走回来，把电报放在桌上。刚要坐下，又有人敲门，钱壮飞苦笑着摇摇头，朝门口走去。

来人一边交接电报一边说："武汉突然给徐主任来了六份加急绝密电。准是发生天大的事了。主任也不知上哪去了，要不要叫人找找？"

钱壮飞把手一摊，意味深长地笑笑："今天是周末，徐主任办私事的日子，你懂的……"

中年人也笑了："那我也走了，下班喽！"

钱壮飞在屋子里来回走了几步，看着桌上的几张电报纸，终于下定决心。他走到门口往外面两侧看了看，反锁上门，疾步走到办公桌前，打开抽屉找到个小本子——密码本。他把本

子打开，对照电报开始译文——他立刻变得神情极为紧张，额头上渗出了豆大的汗珠。

【字幕】上海

二楼的办公室。周恩来坐在办公桌边写文件。

一个身材矮胖，穿西装的年轻人站在窗前看街景。

门外急匆匆的脚步声吸引了他。他一转身——

【字幕】中共中央主要负责人 王明 时年27岁

中央特科 李克农 时年32岁

李克农中等身材，平头，戴一副眼镜，他飞奔进来，压低声音说道："南京特急报告：顾顺章被捕、叛变了！"

啪的一声，王明手中的咖啡杯跌落到地上，摔得粉碎。他惊恐地瞪大眼睛，望着从座椅上弹起来的周恩来。

周恩来对王明和李克农说："立即通知所有能通知到的人，立即转移。有些联络点，连我都不掌握，都在顾顺章手里……"他拉开抽屉开始急急忙忙地翻找文件。

王明："快，恩来，你我都要转移，你赶快布置吧！"

窗外响起了警车刺耳的警报声。

【旁白】不久，党中央总书记向忠发被捕，叛变。

另一处中式客厅里，站着王明和一个戴眼镜的年轻人。

王明对年轻人说："博古同志，中央不能留在上海了，我要去莫斯科共产国际，提议由你担任中央临时总负责人……"

博古大吃一惊:"这哪行?我还不是中央委员!"

"没有关系,我请共产国际批准就合法了。"

"我以前只当过宣传干事,没有经验……"

"你有理论!"王明打断了博古的话,"在莫斯科中山大学的布尔什维克中,你的理论水平仅次于我。我一走,你称第二,他们就没人敢称第一。你只要把握两条:一、凡事都要请示共产国际,我会把各项指示转给你;二、按马克思、列宁著作的原话去做。"

博古挺为难:"我太年轻,恐怕那些老党员也不会听我的……"

"年轻?我以前也只是个宣传干事,共产国际选中了我,不就当了中央实际负责人吗?那些老党员,主要也就是毛泽东,总是强调国情不同,抵制我们,要制服他。张闻天、王稼祥、何克全等同学会全力支持你。我指定潘汉年作为你我之间的联络人,你有重大情况,派他来莫斯科汇报,我只相信他的汇报。"

博古想了一会儿,抬起头来,豪情大发:"好,我干!"

王明在屋里踱了几个圈子,拍拍博古的肩膀:"博古同志,我们莫斯科的同学主导中共中央不容易,你可不要大权旁落。我们有共产国际支持,又大权在握,中国革命一旦成功,我们就是中国的列宁!"

【字幕】1931年9月18日 辽宁沈阳 柳条湖

深夜，天空翻滚的乌云遮住了明月。几个人影在铁路线上鬼鬼祟祟地活动……炸药轰鸣，爆发出刺眼的火光！

大批日本军人在炮火掩护下，进攻沈阳城，城市淹没在火海中。

【旁白】"九一八"事变，日本关东军自行炸毁沈阳北郊的一段铁轨，反诬中国军队破坏铁路，以此为借口突然进攻沈阳城。由于国民党当局不抵抗，短短四个多月里，日军就占领了相当于日本国土面积3.5倍的中国东北，并企图灭亡全中国。中共满洲省委和中共中央分别于9月19日和9月20日发表"抗日宣言"，当即领导东北人民开始了长达十四年的艰苦卓绝的抗日战争。这是世界反法西斯战争的起点，也是中国人民独立抗击日本军国主义的起点。

【字幕】中央苏区 江西瑞金

雨后天晴的田野。只有尺把宽、稀泥溜滑的田埂小路上，七八个人歪歪斜斜地走着。

【字幕】红一方面军总前委书记、总政委 毛泽东 时年38岁

身穿军装、脚蹬草鞋的毛泽东在前面走着，后面跟着三四个穿着西装皮鞋、手提皮包的年轻人。

【字幕】中国工农红军总政治部主任 王稼祥 时年25岁

毛泽东谈笑风生："中国既有上海十里洋场的车水马龙，

又有穷乡僻壤用脚都不好走的小路，这就是政治经济发展不平衡。"他扭头看了看跟在后面伸开双臂努力保持平衡的王稼祥："我们这些人吃得了盛宴，也饿得了肚皮。别看脚下这条小路，能通开国大宴席……"

话没说完，扑通一声，王稼祥四脚朝天地摔倒在地，他躺在泥泞里，气愤地反驳毛泽东："我们党躲在这种穷乡僻壤，能有什么政治影响？这种用脚都走不来的小路能通开国大宴席？"他一甩胳膊，用力挡开毛泽东伸过来拉他一把的手："老毛，你真是神仙放屁——不同凡响啊！"

一座大型民宅，风格古朴。传出某人激动的发言："毛泽东有三大错误：一是狭隘的经验主义，二是富农路线，三是极其严重的一贯右倾机会主义。"

中央苏区大会会场。在台前发言人身后的主席台上，坐着毛泽东、朱德、周恩来、王稼祥、彭德怀、任弼时、项英、顾作霖等人。继续响着发言人激动的声音：

"中央决定撤销毛泽东总前委书记的职务，取消红一方面军总前委和总政委，提名毛泽东同志任中华苏维埃共和国主席，已经大会选举确认。"

会场上响起了一阵掌声。与会者交头接耳、议论纷纷，都把目光投向毛泽东。毛泽东只是冷静地坐在自己的座位上，表情如常，似乎现在说的不是他。

散会了，大家一路上议论纷纷。寻淮洲、林彪、罗荣桓、聂荣臻、粟裕、陈士榘、萧克等交换着意见。

"毛委员现在是毛主席了。"

"这苏维埃主席具体做什么呀？"

"征粮、植树、妇女会、儿童团……"

"现在打仗是重中之重。让毛主席离开红军不合适吧？"

"这叫'杯酒释兵权'！"

"明珠蒙尘啊！"

寻淮洲看见毛泽东恰好迎面走来，喊了一声："毛主席！"

他们几个像有人喊口令似的，同时向毛泽东敬礼。

毛泽东微笑着迎上来："我已经当老百姓了，以后就不用敬军礼啦……"

张宗逊："毛主席，我们都相信，你还会回来！"

"是想回来啊，舍不得你们呀！"毛泽东边和他们一一握手，边逐一念出他们的名字，"寻淮洲，林彪，罗荣桓，聂荣臻，粟裕，萧劲光，萧克，宋任穷，陈士榘……前方军情紧急，我就站在这儿目送你们吧……"

寻淮洲："毛主席，你先走。"

粟裕："我们目送你，这是属下的本分。"

"毛主席，你先走……"几个人异口同声。

毛泽东不再勉强，朝他们挥了挥手："你们都是将才，多多保重！"便大步径直往前走去，走到街角，一转弯便没了身影。

林彪若有所思地说："你们发现没有，他跟在井冈山上大不一样了。"

寻淮洲："要在井冈山上，他早就发火了！"

林彪叹道："他这次吃了这么大的亏，还面不改色，不简单啊！"

说着他们几个也转身往前走去。

街道转角。毛泽东并没有离去，而是贴着拐角，露出一点目光，望着寻淮洲、林彪他们的背影，久久地、久久地，直到背影再也看不到了，他的眼里闪出了一丝泪光。

苏区中央局会议。周恩来、王稼祥、任弼时、何克全、顾作霖、朱德等十几个同志在开会。主持会议的毛泽东坐在首席。

毛泽东："讨论日本侵华战争，我提两点认识：一、日本侵占我国东北后，必然会发动全面侵华战争；二、日本大举侵略，必然导致我们中国与日本的民族矛盾上升为主要矛盾……"

"毛泽东同志，"有人打断了毛泽东的话，"共产国际和我们中央明明判断日本下一步将大举进攻苏联，你怎么又自说自话？"

又一个同志说："今天开会，主要讨论怎样保卫苏联。毛泽东同志已经不适宜主持这个会议。我提议更换会议主持人。"

有人喊："话不投机半句多！""当然听共产国际的！""换人吧！"

毛泽东注视了一下会场，没有人提出反对意见。他叹了口气："既然你们都这样认为，我就先退席吧。"说完他起身走了出去……

【字幕】江西瑞金 叶坪村谢氏宗祠

这是一座占地面积约一千五百平方米，地方特色浓郁、古色古香的建筑，门口挂着"中华苏维埃共和国临时中央政府"的牌子。

毛泽东和几个同志坐在木板隔成的会议室里。他手上拿着几份材料，额头上沁出汗珠，身体微微发颤："我们首先讨论苏区《土地法》，要让苏区的农民都有地种，有饭吃。"

一个女同志给他端来一杯热水。他接过杯子，两手发颤，水泼到了衣服上。

女同志发牢骚："毛主席，你的党职、军职都被撸了，又打摆子，还干啥子苏维埃主席！"

"哎，人无千日好，花无百日红。干革命要受得了委屈呀。何况烧酒熬糖，各有专长，到政府也是我学习的机会嘛。这第二件事嘛，我们探讨一下，看看能不能在苏维埃建立小学制度，争取村村有小学，要使工农兵子弟全部免费上学。要特别帮助军烈属生产劳动，确保他们的子女都能读书。"

"毛主席，"一个壮实的农民汉子说，"这纸上的字，它认得我，我不认得它。像我这样的穷人，以前哪有女人肯嫁我？现在我婆姨已经怀孕了。我能吃饱饭，过年过节有口肉吃，有口酒喝，这辈子就没有白活！娃子上学？"他连连摆手。

毛泽东："群众最重要的，一是吃饭，二是读书。我祖上也是在土里刨食的，父亲要我记账，才让我念了几年私塾。我想进城读书，父亲不肯，我就跑到水塘边，要跳河，他只好同意，但要我下跪认错，我同意单腿下跪，才争取到了进城读书的机会。读书不单能脱贫，有时真能逆天改命啊！"

听的人都深为感慨。

桌上的电话铃忽然响了，毛泽东拿起听筒："哦，恩来书记啊，你好，有什么指示就吩咐吧！"他听了一会儿，有点诧异："……要听听我的意见？"

红军指挥部。军人们在地图前忙碌着。身穿军服的周恩来对着电话大声说："是啊，毛主席，要讨论打赣州，我很想听听你的意见，也建议大家听听你的意见。"

电话这一头。毛泽东露出了惊喜的表情："好啊，恩来书记，我马上就到，马上就到！"

红一方面军指挥部。周恩来、朱德、张闻天、王稼祥、任弼时、何克全、林彪、聂荣臻等领导人都坐在一张长桌周围。可以看得出，大家都很激动，情绪高昂。周恩来把目光转向一个人坐在角落里的毛泽东："毛主席，谈谈你的意见吧！"

毛泽东站起来："既然让我谈谈，我就把意见和盘托出——赣州打不得!"

"为什么?"有几个人异口同声地大叫起来。

"赣州从宋朝起就称作'铁赣州'。它城高墙厚,三面环水,一面临陆,易守难攻……"

"打仗哪有不伤亡的?"

毛泽东:"我们没有攻城大炮,久攻不克,必然伤亡惨重。"

王稼祥:"打赣州是中央占领中心城市的明确指示,拔掉赣州这根钉子,中央根据地就连成了一片,很快就能实现中国革命在一省、数省首先胜利的目标。"

毛泽东:"赣州岂止是敌人插在我们根据地上的一根钉子?在我看来,甚至有可能是敌人故意而为的钓饵!"

周恩来:"毛主席,你的意思是?"

毛泽东走到墙上的地图前,拿起指示棒,指点着地图:"赣州对我们发展根据地确实妨害很大,本身也比较孤立,但两翼敌军增援也快。敌人在多次寻歼我军主力而不可得的情况下,就可能故意安下这个钉子,吸引我军攻城,而后敌主力从赣州侧翼包抄过来……"

"一贯右倾!""胆小如鼠!"一片讥讽之声打断了毛泽东的话。

王稼祥:"赣州城里敌人只有五千正规军,彭德怀同志说过,他有把握在二十天内拿下赣州。"

与会者更加兴奋了,眼看形成一面倒的态势。

毛泽东大声疾呼："同志们，再听我一句：如果一定要打，那只能是围城打援——以部分兵力佯攻赣州，而主力用来打增援之敌……"

"这还是打赣州吗?!"

"简直是自欺欺人！"

周恩来看看一边倒的形势，做出了决定："既然绝大多数同志都认为应该打，那么就由红三军团负责攻占赣州，彭德怀同志任前线总指挥。"

毛泽东落寞地走向角落里的椅子。他一脸苦笑，连连摇头。

【字幕】中央政治局委员、书记处书记、宣传部长 张闻天 时年32岁

张闻天："老毛，你笑什么，是在嘲笑我们大家吗？"

"岂敢，"毛泽东叹息道，"只是部队又要受损失啦！"

王稼祥很气愤："老毛，你这不是在赌咒红军吗？"

"稼祥同志！"周恩来喝道，"这是党的会议，毛主席公开亮明自己的观点，并没有错。"

【字幕】江西赣州

街道上炮火连天，红军战士相互掩护，边打边向城门外撤退。不断有人中弹倒下。撤退的战士被敌人抱住，拉响手榴弹，与敌人同归于尽……

村头大树下，毛泽东和贺子珍站在村口向前张望。

毛泽东满脸忧虑："如果有消息，那一定是坏消息！"

贺子珍："听说党中央新的总负责人是个新党员？"

毛泽东点点头："才24岁，还体会不到社会的复杂、人心的险恶，年少不知愁滋味啊！"

起风了，天空乌云翻卷。一阵冷风袭来，毛泽东不禁打了一个寒战……

红军指挥部。外面不断传来炮弹的爆炸声，沙土稀稀疏疏地从房顶落下。

王稼祥疑惑地望着周恩来："我们输了？"

【字幕】中央政治局委员、中央革命军事委员会副主席 项英 时年34岁

旁边的项英把军帽使劲往桌上一甩："本来会赢的，没想到蒋介石居然派了两个师又两个旅来抄我们的后路。现在骑虎难下啊！"

王稼祥不由得扑通一声坐到椅子上，吃惊地自言自语："居然不出毛泽东所料？"

入夜，雨声哗哗。毛泽东坐在油灯下，对着一张地图沉思。

远处渐渐传来了马蹄声。毛泽东抬头听了一会儿，顿时神色紧张，急忙在贺子珍的帮助下穿上蓑衣，举着油灯，朝院落

走去，贺子珍紧随在他身后。

院门外，项英等几个军人从马背上跳下来。

项英一看到毛泽东，就急急忙忙地说："毛主席，恩来同志派我来请你下山！"

毛泽东："情况怎么样？"

项英："打了三十三天，没打下来。红三军团伤亡三千多人，主力被敌人包围了，十分危险。"

毛泽东把手上的油灯往贺子珍手里一塞，对项英说："快走！"就奔出门外，翻身上马，冒雨顶风，策马而去……

中央红军指挥部。

毛泽东的手指在地图上滑动，周恩来、王稼祥、朱德站在他身后。

毛泽东："现在只有把红五军团拉上去，攻击敌人的侧翼，敌人一定顾此失彼，才能把红三军团接应出来。"

王稼祥："红五军团是刚起义两个月的部队，战斗力能行吗？"

毛泽东："战斗力是靠打出来的。"

周恩来："你也这样看，我就托底多了——我带红五军团上。"

"恩来，"毛泽东看看他们几个，"你是最高军事负责人，当然要坐镇中军帐。"他试探着问："我可不可以跟红五军团上？"意思是能不能由自己带队上。

朱德："朱毛、朱毛，朱在前毛在后嘛！何况这次打赣州，我是举了手的，当然是我上。"

周恩来略一思索："那就辛苦朱总司令了。"

朱德举手向毛泽东、周恩来、王稼祥敬了个礼，转身就往外走。

毛泽东追在后面喊了一声："玉阶，保重！"

朱德回头一笑，便消失在门口。

周恩来、毛泽东在屋里踱来踱去。王稼祥坐在椅子上，目不转睛地注视着他们俩。

须臾，毛泽东停住脚步，对周恩来和王稼祥说："他从西边来，我向东边去！我建议动用红一军团、红五军团，远出福建，打漳州。"

周恩来和王稼祥急忙走到地图前，用手指在地图上滑动。

王稼祥倒吸一口凉气："哎呀，我们离漳州将近千里呢，眼前的赣州都打不下来，还跑去打漳州？"

周恩来："润之，你谈谈想法。"

毛泽东："赣州——秃子头上的虱子，明摆着是敌人等我们去打的。而漳州只有敌人杂牌军张贞一个师，虽然离我们远，但是离敌军的主力更远。趁现在蒋介石的注意力都在西面的赣州，我们用寻淮洲的三十四师做侧后掩护，而红一、红五军团隐蔽企图，夜行晓宿，长途奔袭，有把握拿下东面的漳州。"

周恩来思索着。

王稼祥："老毛，你不是一向反对攻打中心城市吗？怎么现在想起来要打漳州？"

毛泽东："我只是不赞成以城市为中心展开革命。我想打漳州，依仗的是出其不意，蒋介石的主力来不及救援。我们是雷公打豆腐，捞一把就走。这次我们在赣州损失太大，而漳州是华侨之乡，张贞可是富得流油啊……"

过了片刻，周恩来从地图上抬起头来，兴奋地望着毛泽东："这个建议很有想象力，我马上向苏区中央局和中革军委报告。"

【字幕】江西南昌

会场上的大字横幅：赣州祝捷。

国民党的高级将校、达官贵人会聚一堂，正在举行自助餐式的祝捷酒会。

一群将校手握酒杯，众星拱月般地围绕在蒋介石的身旁，"总司令、总司令"地叫个不停。

蒋介石举了举手，大家顿时安静下来。

蒋介石："你们都是黄埔学生，我还是喜欢你们称呼我为'校长'！"

"校长！"将校们齐声呼应。

蒋介石："知道为何吗？"

"师生之谊，恩重如山！""一日为师，终身为父！"将校们七嘴八舌地争相答道。

蒋介石双手往下压了压，将校们安静了下来。

"在我所有的官衔中，黄埔军校校长是最小的一个，却是我最看重的一个！军校是军官的摇篮：谁抓住了军官，谁就抓住了军队，谁抓住了军队，谁就抓住了中国！"

"深刻！""高明！"将校们发出了一片欢呼。

蒋介石："我们要勠力同心，师生共治天下！"

又是一阵欢呼。

"这次赣州大获全胜，全靠校长神机妙算！"

"这样的胜仗再来一次，中国就再也没有赤祸匪患了。"

"我等学生要敬校长一杯！"

"好，拿酒来！"蒋介石豪情大发。

副官恭恭敬敬地双手给蒋介石递上一个盛满透明液体的玻璃杯子。

蒋介石接过来，放在鼻子下嗅了嗅，大声吩咐："这次不喝白开水，要喝真的，上茅台！"

"喔！"部下发出一片欢呼声。

蒋介石又从副官手中换了另一个酒杯，闻了闻，露出满意的笑容。他高举酒杯，正要说点什么，一眼看见了陈诚急匆匆地走过来，就招呼说："辞修，你也过来凑个热闹……"

陈诚分开人群，神色不安地走到蒋介石身边，压低声音说："校长，共军猛攻漳州……"

"怎么，他们又回来了？"蒋介石依然劲头十足。

陈诚："不是江西赣州，是福建漳州。"

蒋介石顿时一愣："福建漳州？……那就赶快命令救援啊！"

陈诚："我们的主力离漳州太远，最快也要十天才能赶到，就怕共军一击得手，就逃之夭夭了……"

蒋介石的脸色由不解转为惊愕，又转为暴怒，几经转换，终于咆哮着把手里的酒杯狠狠地摔在地上："娘希匹！"

【字幕】福建漳州 红军举行入城式

城头硝烟飘散。在夹道欢迎的老百姓惊奇的目光注视下，红军开进漳州城。一名旗手高擎军旗，走在最前面；随后是排成四路的十二名号手，军号嘹亮；紧随其后的，是四人肩扛马克沁重机枪和抬着82迫击炮的士兵；红军大队成四路纵队，战士们唱着嘹亮的《当兵就要当红军》，威武行进：

"当兵就要当红军，处处工农来欢迎。官长士兵都一样，没有人来压迫人……"

毛泽东头戴草帽，骑着一匹栗色骏马，马儿迈着轻快的脚步，走在队列中。

红军开仓放粮，贫苦农民兴高采烈地领取粮食……

闹市十字街头。数百个衣衫褴褛、瘦骨嶙峋的穷人哆哆嗦嗦地看着眼前的红军。贺子珍、曾志和几个红军战士抬来一个箱子，哗的一声，从里面倒出一大堆泛黄的纸张。

曾志大声说："乡亲们，这些都是你们的高利贷借据和卖身契。一把火烧了!"说着她从身边的战士手上接过火炬,丢到了那一堆借据和卖身契上。火苗一下蹿了起来。

"乡亲们,你们自由了!想去哪就去哪吧!"

农奴般的农民呆呆地望着这天上掉下来的喜讯,接着就欢呼起来,相互拥抱,激动得流出了眼泪。

"乡亲们,"贺子珍指着远处说,"你们替土豪劣绅种的田,我们马上都分给你们,还给你们发地契,这田就永远是你们的了!"

农民们大声欢呼,一个年轻人带头高呼:"红军万岁!"顿时,"红军万岁"的口号声响成一片。

红军扩红,给新入伍的战士们发放军装和枪支……

【旁白】红军在漳州战役中,攻占城镇十余座,歼敌约一个师,缴获包括两架飞机在内的大量武器装备。筹款一百万元,成立了三千多人的秘密工会和地下党组织,向贫苦群众发放谷子四万多石。

【字幕】福建漳州 南桥机场

跑道上停着两架DH-60蛾式双翼教练轰炸机。

毛泽东、林彪、聂荣臻喜悦地围着飞机,摸摸这儿,摸摸那儿。

【字幕】红一军团军团长 林彪 时年25岁

政委 聂荣臻 时年33岁

林彪:"毛主席,正式向你报告:筹款一百万!"

毛泽东十分惊喜:"哎呀,你们可是肥得厉害!我想成立的中央苏区国家银行,这下有本钱了!"他想了想:"是不是给党中央也送些钱去,他们也很困难。"

聂荣臻和林彪对望了一眼:"毛主席,我们听你的。"

毛泽东伸出张开五指的一只手,又翻了一番:"十万——美金,怎么样?他们事事都听别人的,跟经济上不能自立也有关系!"

林彪和聂荣臻又对望了一眼,异口同声地说:"同意!"

聂荣臻:"主席,等一会儿我就坐这架飞机,回瑞金汇报。"

毛泽东:"有把握吗?"

"已经向飞行员调查过了,没问题。"聂荣臻回答。

"托马克思保佑,这架飞机就叫'马克思'号吧。"毛泽东拍拍聂荣臻的胳膊,"这下子你们红一军团可是风头出尽了!……要是能飞到南昌城上空撒上一圈传单,保管惊得蒋介石下巴掉下来!"

大家哈哈大笑。

红一军团、红三军团的军旗,在硝烟中迎风招展,杀声震天。

【旁白】随后,毛泽东和朱德又指挥了乐安、宜黄战役,歼敌五千余人,红军士气大振。1932年8月上旬,在周恩来的一再坚持之下，恢复了毛泽东红一方面军总政委的军队职务。但两个月后，毛泽东再次受到"左"倾错误领导的打击。

【字幕】1932年10月 江西宁都

一群红军干部、战士正在开阔平整的晒谷场上踢足球，其中有周恩来、王稼祥、何克全、张闻天、邓发等同志，大家边玩边议论纷纷。

一个年轻人盘了两下球，把球踩在脚下，激动地说："为什么赣州打败了？这完全是毛泽东抗拒夺取中心城市的结果。否则为什么漳州打赢了，而赣州打不赢呢？"

有人接茬喊："如果把打漳州的力量，集中起来打赣州，我们早就搬到赣州去了。"

"从贯彻大政方针来说，赣州打输了也是对的，漳州打赢了也是错的。"年轻人说着飞起一脚，把足球踢飞了出去。

周恩来矫健地一闪身，把球断了下来，熟练地颠了两下，反驳说："打败仗比打胜仗还要好？这说不过去吧！"

另一个人接过周恩来的传球："只要不符合革命的长远和整体利益，虽胜犹败！"

毛泽东心事重重地从晒谷场旁走过，忽然听见一声大喝："看球！"一抬头，发现足球凌空飞速而来，略一迟疑，就纵身一跃，双手稳稳地接住了足球，引来一阵惊叹。

"不愧是长沙城里的铁门将！"知情人叫道。

毛泽东将球往地上一丢，开始盘球，起初有些生疏，但不几下就熟练起来，还玩出了两个花样。

其他人凑上来，有人开口问："老毛，正说你呢！你反对以城市为中心，成天嚷嚷'土地''农民'，你究竟是怎么想的？"

毛泽东颠了几下球，将球拿在手里，心平气和地答道："我认为谁能解决土地问题，谁就能赢得农民；谁能赢得农民，谁就能赢得源源不断的军队；谁能赢得军队，谁就能赢得中国。一言以蔽之，得农民者得天下！"

周恩来听得暗自点头。

"这是马克思主义吗？""这是山沟里的'牛克思主义'吧？"有人发出一阵嘲笑。

毛泽东环视一圈，露出苦笑，一个大脚，足球飞向蓝天。

苏区中央局领导人在开会。

周恩来主持，项英、王稼祥、张闻天、何克全、任弼时、邓发等都参加了会议。

发言的年轻人很激动："毛泽东的书挑子里都是什么《吕氏春秋》《孙子兵法》《三国演义》《水浒传》，甚至还有《红楼梦》。他很少引用马克思、列宁的话，动不动来几句孔夫子、孟夫子……"看到大家纷纷点头，他说出了部分同志们的想法："我们认为毛泽东就是个农民知识分子，对工人阶级缺乏感情。为了保证红军坚决执行共产国际路线，毛泽东同志不宜再担任红军总政委，总政委应该由周恩来同志兼任。"

"同意！""同意！""他在前方干扰指挥，还是去后方休息吧。"

同志们嚷嚷着。有人提议："我们表决吧。"

周恩来还企图扭转局面："泽东同志的长处在于军事。所以，一是我负责指挥战争，他留在前方助理；二是他负责指挥战争，我负责监督行动方针的执行……"

有些人不耐烦了，再次提出："大家都忙呢，还是表决吧。"

"大敌当前，不能换将！"王稼祥出人意料地站了起来，"指挥重任，非他莫属！"王稼祥对着发愣的同志们说："我也是从莫斯科回来的，我过去对泽东同志不了解，但这次通过打赣州和打漳州，我明白了，打赢才是硬道理。怎么能让他离开红军？"

年轻人也站起来："俄国十月革命就是以城市为中心的，这是全世界唯一成功的例子，具有普世价值！毛泽东却提倡以农村为中心，这在全世界有成功的先例吗？！"

"这……"王稼祥一时被噎得说不出话来。

不少委员不耐烦了："不要浪费时间了，赶快举手表决吧！"

毛泽东知道申辩无用，站起来表态说："是非功过，日久自然明。我服从组织的决定。也许还有些话大家当着我的面不好讲，我现在退席。"说完向门外走去。

王稼祥追上去："毛主席……"

毛泽东对王稼祥摇了摇头："不用争了，我们是少数。"

喜获丰收的庄稼地，一片金黄，无边无际。

【旁白】1933年1月，中共中央从上海转移到瑞金。在朱德总司令和周恩来总政委的指挥下，红军胜利粉碎了敌人五十万大军的第四次"围剿"。到1933年秋，中央苏区辖有六十个行政县，总面积约八万四千平方公里，总人口达四百五十三万，党员总数约十三万人，红军和根据地发展到了鼎盛时期。

博古和一个戴眼镜的外国人、朱德、张闻天等人在散步。

【字幕】共产国际军事顾问 李德 时年33岁

博古："朱总司令，第四次反'围剿'打得很漂亮，甚至比前三次反'围剿'还要漂亮，你有什么高招啊？"

朱德："哪有什么高招？还是朱毛红军那套打法。"

李德用生硬的中国话问道："你能具体介绍一下吗？"

朱德一抬头，看到了路边一个戏台子的两根柱子上挂着一副对联。他伸手指了指："喏，就写在那副对联上——"博古走近几步，盯住对联，念出了声："上联：'敌进我退，敌驻我扰，敌疲我打，敌退我追，游击战里操胜算。'下联：'大步进退，诱敌深入，集中兵力，各个击破，运动战中歼敌人。'朱德同志，这副对联写得不错啊，字也漂亮，是哪一位的手笔呀？"

朱德笑了笑："这是毛主席亲手写的。"

博古："这是小毛写的？"

"小毛？他可比你年长十几岁呢。"

博古又盯着那副对联看了看，问站在一旁的李德："李德同志，这意思是游击战、运动战很厉害，你的看法呢？"

李德露出了不屑的笑容："我们现在是正规的国家了，要御敌于国门之外，打阵地战、堡垒战。"他用下巴朝那副对联一指："这是小儿科！"

随从中有人听到这话，有些吃惊，私下对边上的人说："这洋人什么来头，敢说毛主席是小儿科？"

博古似乎听到了他的话，大声对随从们介绍："李德顾问打过巷战，当过骑兵师参谋长，又是苏联伏龙芝军事学院的高才生，在苏军总参谋部工作，这可是世界上最强大的苏联军队的大脑啊，以后我们打仗就要靠他了！"

那个红军吐了吐舌头，不少人都露出敬畏的神色。

"至于这副对联嘛，"博古吩咐左右，"抹掉，按照李德同志的思想，重新写过。"

【字幕】 江西瑞金　沙洲坝

毛泽东带着一个警卫战士，住在老乡家里。他端起茶杯，喝了一口，皱起眉头，连续摇了两下，往杯里一看，都是浑浊不堪的黄水。

边上一个老婆婆连忙解释说："毛主席莫怪，我们这里就喝这水。"说着念了一首顺口溜："沙洲坝、沙洲坝，三天不下雨，无水洗手帕。旱死老鼠渴死蛙，有女莫嫁沙洲坝。"

"哈，'有女莫嫁沙洲坝'？"毛泽东笑了，"村里的小伙子也不挖口井，也不怕打光棍？"

"挖不得！"老婆婆连连摆手，"祖宗都试过——这地底下有旱龙，不但挖不到水，还要倒霉呢！"

"哦？"毛泽东哈哈一笑，"这条旱龙我来得罪好了。我现在已经够倒霉的了，虱多不痒，债多不愁。"

"毛主席，"警卫战士有点犯难，"我们现在就四个人……"

毛泽东乐了："怎么四个人？我不算人哪？"

"你，你是病号！又是首长……"

"现在是'脚长'啦。我这病发发汗，说不定还要见好呢。"毛泽东乐呵呵地说，"就我们五个人，明天先去找水源，选好地址就动工。唉，现在大事干不了，能为群众做点小事也是好的！"

烈日当空。村里好多人围在一起，看一口已初步成形的水井。一个人从井里往上传出一盆有些浑浊的水——他是毛泽东。在上面干活的战士伸手把他拉了上来。毛泽东大汗淋漓，汗水湿透的白衬衣紧紧地贴在前胸后背。乡亲们都围上来惊奇地盯着他手上的这盆水。

毛泽东很开心地说："哪有什么旱龙啊？小伙子们，以后你们娶媳妇，可别忘了请我喝喜酒哦！"

红军医院的门口，曾志把一包草药交给毛泽东："毛主席，你的那副老对联叫他们给改了。"

"哦，怎么改的？"

曾志想了一下，抱歉地说："我不记得了。"

"哦，"毛泽东点点头，"旧的不去，新的不来嘛，再见。"

毛泽东拎着一包草药走到挂对联的戏台前。他停住脚，认真地念出声来："上联，'守边境，保政权，御敌于国门之外'。下联嘛，'阵地战，堡垒战，用两个拳头打人'。"

"老毛！"有人朝他打招呼。

毛泽东扭头一看："哦，稼祥啊。"

王稼祥："共产国际给党中央派来了一个军事顾问，德国人，叫李德。这是他的意思。"

毛泽东点点头。

王稼祥指指对联："你觉得这种战略怎么样？"

毛泽东看着对联，又琢磨了一会儿："我们的战术是诱敌深入，他要御敌于国门之外；我们兵少，强调集中兵力，他要两个拳头打人。恰好跟我们的经验相反。"毛泽东摇摇头："不敢恭维……"

红军在空地上给李德造了一栋独立房子。独立房子客厅的墙上挂着一张地图。李德、博古、张闻天、周恩来、王稼祥、刘伯承和参谋人员们围坐在桌子旁。

李德激动地比画着说："要保护苏维埃人民，就要守住国门；要守住国门，就要构筑大量的堡垒，用堡垒对敌人的堡垒，红军士兵一步也不准后退！"

蒋军指挥部。蒋介石在德国、日本、英国军事顾问簇拥下，走进作战厅大门。

蒋介石："共军那几杆破枪，那几个树枝草皮搭的碉堡，还要跟我堡垒对堡垒？真是不知道'死'字是怎么写的！"

成群的敌军飞机从天边飞来，几乎遮住了天上的太阳。重磅炸弹在红军阵地上狂轰滥炸，土木碉堡接二连三地被炸毁。一批批红军战士在轰炸中阵亡，破枪、断肢下雨般纷纷从天空落下。

独立房子里。李德愤怒地对博古喊叫："红军全部不能坚守阵地，这是毛泽东的游击思想在作怪。他们已经习惯了'敌进我退'！必须及时进行'残酷斗争，无情打击'，彻底肃清毛泽东的残余影响！"

博古对张闻天、周恩来、王稼祥等人说："要从组织上彻底肃清毛派的影响。"他拿起一张纸："这几个人，罗明、邓小平、毛泽覃、谢唯俊、古柏尽管都已被撤职，但还不够，凡是跟他们关系密切的人，也都要解除职务。毛泽东呢……找个离中央机关远远的地方，让他去休养。"

瑞金的街道上。毛泽东站在一个小杂货铺子前，犹豫不决地看着摊子上摆放的茶叶和棒棒糖。他用手在口袋里摸了一会儿，掏出一张皱巴巴的票子，朝屋子里面喊："老板，老板！"

"来啦。"随着一声应答，一个老头从里屋出来，他腋下撑着一根拐杖，下面一条裤腿空荡荡的，一眼就能看出那条腿从大腿部就断了。"同志，你要买么子？"老头愣了一下，忽然认出了眼前的这位同志，"你是……毛主席？"

"嗯嗯，"毛泽东打着哈哈，"现在已经休养了。"他打量了一下老板那条空荡荡的裤腿，"老板，你这福建铁观音可是茶中上品啊！跟你商量商量，我这钱……能不能买一根棒棒糖、一小包茶叶？"

"哎呀，毛主席，你要什么就随便拿。要不是七年前你在莲花开仓放粮，我这把老骨头早就不知道扔在哪个荒郊野外了！"

"那不行啊，我们有纪律，不拿群众一针一线……"

"我可不是群众，我是跟你从井冈山上下来的老兵啊！后来打漳州，丢了一条腿，种不了田了，我就留在这儿了。"

"哎呀，老哥哥，"毛泽东激动地双手握着老头的一只手，"日子还过得去吗？"

"过得去、过得去！"老头激动地握着毛泽东的手，"我退伍后，政府除了给我一笔抚恤金，还给了我这个铺子，是免租金的。只是，"老头突然哭泣起来，"我现在是烈属了！前两天传来消息，我儿子那个连，全被炸死在堡垒里了，连尸体都没找回来!"

毛泽东一愣,不由得伸手抚了抚老头的肩膀,长叹一声。

老头愤愤不平地说:"我们也听说,他们把你撸了。真是人打江山狗坐殿!"

"哎,"毛泽东往两旁看了看,"不能这么说,还都是革命同志啊!"

突然传来嗒嗒的马蹄声,来了一支骑兵队伍:一共九人九马,前面两个警卫员,随后是李德,后面又是六个警卫员。八名警卫员个个都腰挎驳壳枪,肩背步枪。李德则骑在一匹高头大马上,趾高气扬,左顾右盼。马队一溜小跑地从街上穿过,行人急急忙忙地闪到两边。

毛泽东也往路边闪了闪,目送着马队远去。

老头气呼呼地啐了一口:"看那个洋人,一副不把全天下人放在眼里的架子!……毛主席,这队伍天天往上开,伤兵成串往下抬,没见着一个俘虏。这打的什么仗啊?!"

毛泽东一时无语。

"毛主席,"老头一把拉住他,抓起几小包茶叶就往他的上衣口袋里塞,"你可是我们的主心骨,要好好保重啊。"

毛泽东把那张皱巴巴的钞票放在货摊上:"老哥哥,谢谢你了,下次我把不够的钱补上。"

"别说什么钱不钱的,"老头说着又往毛泽东的口袋里塞一把棒棒糖,"部队里有句话怎么说的?谁最后笑,谁笑得最好……"

毛泽东轻轻拍了拍老头的胳膊："你也要好好保重啊，革命一定会胜利！"

"你放心，我绝不会给部队丢脸。我还留了一颗手榴弹，真到了那个时候，我怎么着也要赚他一个两个，嘿嘿！"

毛泽东孤零零地走在街道上，迎面看到一个穿军装的熟人。他正要举手打招呼，那个人故意把头往边上一扭，和他擦身而过，似乎不认识他。

毛泽东停住脚，看了看那人的背影，摇摇头，继续往前走。

转过街角，毛泽东又看见一个熟悉的干部，刚想打招呼，那个人却一个向后转，快步走开了。

【字幕】江西瑞金 云山寺

这是一个荒凉的庙宇，古树参天。毛泽东刚跨进院门，两岁的儿子毛毛喊着"爸爸"，跌跌撞撞地扑上来，张开两个小胳膊亲热地抱住了毛泽东的小腿。

"哦，毛毛！"毛泽东弯下腰，双手卡住儿子的腋窝，把儿子抱起来，举了两下，"好儿子，想爸爸了吗？"

"想……"孩子稚声稚气地说。

毛泽东坐到石凳上，把毛毛放在自己的膝盖上，从口袋里掏出一根棒棒糖："看，爸爸给你带来了什么？"

毛毛目不转睛地盯着爸爸剥开糖纸。

毛泽东把棒棒糖给儿子舔了一下，孩子立即露出了惊喜的表情，拿着棒棒糖欢呼着，朝从庙里走出来的贺子珍跑过去。

贺子珍手里端着一碗汤药，嗔怪地看看毛泽东："现在交通都断了，盐都贵得买不起，你怎么还给孩子买糖啊？"

"我少喝几口茶，就有啦。"毛泽东叹了口气，"子珍啊，前沿阵地都被突破了，部队伤亡很大。"

贺子珍把汤药递给毛泽东："你是个闲人啦，操心也没用。"

毛泽东皱着眉头，几口喝干了中药汤："不行，我还得再去找他们谈谈。"

"现在搞得别人都不敢跟你说话，你还去自讨没趣？认命吧！"

"认命？"毛泽东冷冷一笑，"我这个人就是不认命，不信命——我命由我不由天！"他说着把空碗往贺子珍手里一塞。

李德的独立房子门口，两个手持步枪的战士在站岗。其中一个对走到面前的毛泽东说："毛主席，你稍等，我进去报告一下。"

李德和中革军委的负责人博古、张闻天、周恩来、朱德、王稼祥、刘伯承等人盯着墙上的地图，苦苦思索。

"报告。"站岗的战士出现在门口，怯生生地说，"首长，毛泽东来了。"

听到这话，几个人不约而同地转过身来。

博古："他来做什么？"

周恩来："他现在过来肯定有要事，是不是请他进来？"

博古："现在战事这么紧张，哪有时间听他啰唆！"说着，他用俄语跟李德叽里咕噜地说了一番。

李德用生硬的中国话说："军机重地，闲人莫入！"

朱德笑了笑："老毛对情况很熟悉，听他说说又有何妨？"

张闻天也笑了笑："老毛也是老资格了，不用搞得那么紧张吧？"

周恩来见博古没有再发言，就对卫兵说："请毛泽东同志进来……"

话还没说完，只见李德走到墙上的地图前，哗的一声拉上了图帘。

毛泽东出现在门口。周恩来迎上去跟他握手。

毛泽东："博古同志、总政委、总司令，来打扰你们了。"

博古冷冰冰地说："你有什么事吗？"

见他那副拒人千里的样子，毛泽东友好地笑笑："目前的战事，我有一点建议……"

博古："建议？你有建议权吗？"

朱德："建议又不是指示，这还要什么权嘛！"

毛泽东赔笑着："是啊，我只是提个建议……"他往前走了两步，四处看看，显然是想找地图。看到墙上拉上的图帘，他用询问的眼神看了看博古，抬一下手，意思是能不能把图帘拉开。谁都理解他的意思，但谁也没有动。毛泽东只好放弃了用地图的想法。

"我反复想了，要打破敌人的'围剿'，现在只有一个办法，就是红军主力沿罗霄山脉进入苏浙皖赣边，绕到敌人的背后，甚至可以威胁长沙、南昌、南京……"

李德很不耐烦："又是你那套游击主义，我们现在是国与国的正规作战！"

博古："你那种畏敌如虎的游击主义，早已被彻底否定了。"

王稼祥："老毛，这次情况跟过去不一样，这次敌人是稳扎稳打，步步为营，用碉堡层层包围我们，跟过去的运动战不一样。"

毛泽东："正是我们用碉堡对碉堡，敌人才能够用阵地战对付我们。如果我们的主力跳到湘、浙、皖、苏去进行外线作战，敌人修碉堡又有什么用呢？"

张闻天："这样中央苏区不就丢了吗？"

毛泽东："存地失人，人地两失；存人失地，人地皆存……"他话还没有讲完，就被打断了。

博古："失去中央苏区，我们不就成了丧家之犬吗？"

毛泽东："我们现在是龙困浅滩，主力一旦翻过罗霄山脉，就能一飞冲天！"

李德再也忍不住了："毛泽东，你现在没有资格讨论作战问题，请你出去。"

"你！"毛泽东攥紧拳头的手，微微发抖。但是他控制住了即将爆发的情绪，深吸一口气，慢慢呼出，转向博古。

博古："李德同志已经发火了！"

周恩来急忙走过来，挽着毛泽东的胳膊，一起向门外走去。在门口，周恩来对毛泽东说："泽东同志，你的意思，我们听明白了。相信大家会仔细考虑的。"他用力跟毛泽东握手："你要多多保重，治病和生活上有什么困难，就直接找我，也可以找朱德同志。"

毛泽东一脸病容，坐在寺庙前看书。贺子珍在旁边侍弄着几块菜地。远方传来马蹄声。

林彪、聂荣臻骑马而来。林彪的马鞍上挂着一个沉甸甸的小木头箱子，他们跨马下来。专心看书的毛泽东发现有人来，一看是他俩，乐呵呵地站起来。他身体虚弱，有点打晃。

"毛主席！"两人快步迎上来，向毛泽东敬礼。

毛泽东放下手中的书，一手拉住他们一个，满怀喜悦地上下打量着老部下："前线这么吃紧，你们还来看我啊！"

林彪："要不是前线吃紧，早就来看你了！"

贺子珍丢下手里的活，走过来打招呼："林军团长、聂政委，真没想到你们来。我这儿连茶叶都没有，我给你们烧水去。"

聂荣臻："哎呀，子珍同志，怎么毛主席连茶叶都没有？"

毛泽东一把拉住聂荣臻："唉，这不关她的事。坐过来说话。"

"毛主席，没想到你现在这么困难。"林彪和聂荣臻对望了一眼，"我们给你送来两百块大洋。"林彪说着起身要去取挂在马鞍上的箱子。

"哎，心领啦！"毛泽东伸手拽住林彪的手，"前线处处'钱'紧啊。我一个闲人，什么都不缺！"

林彪和聂荣臻对视一眼。聂荣臻："主席，你都瘦了一圈了，多少留下一些，你这儿连茶叶都没有……"

"一个铜板也不必留。钱花在前线，是好钢用在刀刃上。我开心啊！来，坐下，说说都有什么消息？"

林彪和聂荣臻交换了一个眼神。林彪："主席，我们带来一个好消息，一个坏消息……"

毛泽东笑着打断了他的话："先讲坏消息。自从我离开军队这两年，听到的都是坏消息，耳朵已经起老茧了，好消息留在后面垫底！"

于是林彪从上衣兜里掏出一张纸，递给毛泽东。

毛泽东有些疑惑地接过纸，展开。"'讣告'？"他看看两个部下，"谁死了？"见谁也不回答他，他就继续念下去："中国共产党的奠基者、中国游击队的创立者和中国红军的缔造者之一的……"他忽然站了起来，"——毛泽东同志，因长期患肺结核而在福建前线逝世。"

"说我死了？"毛泽东疑惑地抬起头，朝两个老部下看了一眼。林彪和聂荣臻也望着他，不吱声。于是毛泽东继续埋头往下念：

"毛泽东同志是大地主和大资产阶级最害怕的仇敌。自1927年起，代表大地主大资产阶级利益的国民党，就以重金悬赏他的头颅。毛泽东同志因病情不断恶化而去世，这是中国共产党、中国红军和中国革命事业的重大损失。……作为国际社会的一名布尔什维克，作为中国共产党的坚强战士，毛泽东同志完成了他的历史使命，中国的工农群众将永远铭记他的业绩，并将完成他未竟的事业。——1930年3月20日《国际新闻通讯》。"

毛泽东又轻轻地念了几句，脸上阴晴不定，最后终于喜上眉梢："这是好消息，好消息啊！你们从哪里弄来的？"

林彪和聂荣臻都有点摸不着头脑。

聂荣臻："这是从敌人的档案里翻到的，这是在造谣啊！"

毛泽东："共产国际的后台老板是苏联，还很抬举我嘛！现在主张'残酷斗争，无情打击'，宛希先、袁文才、王佐等不少同志都被错杀了。怪不得他们没来砍我的头，原来斯大林知道我！大概是斯大林有一条底线，就是保留脑袋！"

聂荣臻："估计是国民党造谣，蒙蔽了共产国际。"

毛泽东很开心："这种讣告要是来个三五次，我就名满天下了。此谣言可是千金难买啊，让我底气足了不少！"

林彪："还是主席高明，举一反三呢！"

毛泽东兴致很高，坐下来："说说你们的好消息吧！"

聂荣臻："蔡廷锴的十九路军在福建公开宣布成立联共反蒋抗日政府了！"

毛泽东马上坐直了身子："公开宣布了？可靠吗？"

林彪："这是这两天全国最大的新闻了！"

毛泽东大为惊喜，猛地站起来，一个踉跄，说道："我们的机会来了！"

【字幕】福建福州 国民革命军第十九路军总指挥 蔡廷锴 时年41岁

蔡廷锴在军官大会上发表演讲："弟兄们，我们在淞沪抗战中，把日本鬼子打趴下了！这两年反共，是上了老蒋的当。抗日就必须联共，我们要成立联共反蒋抗日政府。"他振臂高呼："打倒蒋介石！"

会场上的军官一起振臂高呼："打倒蒋介石！"

蔡廷锴："联合共产党一致抗日！"

军官们一起响应："联合共产党一致抗日！"

海边。一望无际的大海。

蔡廷锴、李济深、陈铭枢、蒋光鼐等五六个人站在山坡上，遥望脚下的汹涌波涛。

蔡廷锴："我们和共产党联合起来，就能控制住福建东部的海港，可以源源不断地接收苏联的军火，抗战就是崭新的局面了。"

有人问："共产党会不会还记得那些陈年旧账，不跟我们联手啊？"

蔡廷锴："不会。当年我中途脱离南昌暴动，是因为本来就不打算参加。南昌暴动的队伍在潮汕彻底失败，也是因为从海上接受国际援助的事没搞成。现在打日本符合苏联的利益，何况共产党正面临蒋介石百万大军的第五次'围剿'，他们不和我们联手，能打破'围剿'吗？"

国民党剿匪总部。

蒋介石烦躁地在屋里踱来踱去。"蔡廷锴早不反、晚不反，偏偏在我大功将成时反，真是工于心计！"他询问肃立一旁的陈诚，"红军有没有向东行动？"

陈诚一个立正："到今天为止已经五天了，红军毫无向东行动的迹象。"

蒋介石："共产党会这么蠢，不跟蔡廷锴联手？"

"是讲不通啊，但是他们确实没有配合行动。"

"他们不联手，那都是有死无生、救无可救！"蒋介石自言自语地沉思片刻，抬起头来大声命令，"明天红军再不东援，我们就集中九个师，首先消灭蔡廷锴！"

李德的独立房子。

毛泽东、周恩来、张闻天、王稼祥、何克全、刘伯承等人在一起讨论。

毛泽东坐在凳子上，额头上满是虚汗："日本侵华后，国民党内部发生了分化。蔡廷锴要抗日，必然要和我们联合。这是我们打破蒋介石'围剿'的天赐良机！"

周恩来："我们也是这样想的，可是共产国际却说这是阴谋。"

王稼祥："蔡廷锴抗日不是对苏联有利吗？为什么反而要把他看成最危险的敌人呢？"

毛泽东想了想："无非是两方面的原因。一是认为我们和蔡廷锴都成不了气候，钳制日本还要靠蒋介石，怕得罪他。再就是对蔡廷锴确实不放心。"

【字幕】红军总参谋长 刘伯承 时年41岁

刘伯承叹了口气："他们从来都只替自己考虑，不为我们想想啊！"

毛泽东望着大家："记小仇者难成大事，还是做做工作……"

话没说完，李德和博古走了进来，看到毛泽东都很诧异。

博古："你怎么来了？"

毛泽东拿起墙边的一根树枝，双手拄着站起来："博古同志、顾问同志，我想蔡廷锴要求联共抗日，这可是送上门来的好机会……"

博古："老毛，你脑子进水了吗？共产国际已经明确指出，蔡廷锴是最危险的敌人！"

有人大声说："他南昌起义中途叛变，怎么能相信这种人？"

博古："蒋介石是虎，蔡廷锴是狼，无论是虎吃了狼，还

216

是狼伤了虎，都对我们有利。我们怎么能帮助狼去打虎呢？"

毛泽东："俗话说'敌人的敌人就是朋友'，可不能坐视蒋介石把蔡廷锴和我们各个击破呀！"

李德："你又在散布严重的右倾机会主义！"

毛泽东："博古同志、各位领导同志，请你们再考虑一下，机不可失，时不再来啊！"

李德："请你出去。"

毛泽东长叹一声，拄着树枝，惆怅地向门外走去。周恩来急忙起身，追到屋外："泽东同志，事实会说明一切……"

毛泽东长叹道："此计再不用，就要崩溃了！"

周恩来也无奈地长叹了一口气。

【字幕】红七军团军团长 寻淮洲 时年22岁

政委 乐少华 时年31岁

参谋长 粟裕 时年27岁

他们三人在独立房子里受领任务。

寻淮洲拿着地图，仔细看了一会儿，问："顾问同志，我们北上抗日，如果蒋介石要中途拦截和消灭我们，怎么办？"

李德大手一挥："那就杀开一条血路冲过去！"

寻淮洲："只是我们一共六千多人，还有近一半是只有大刀长矛的地方干部，要到苏浙皖这些敌人的中心地带发展……"他和粟裕交换了一个眼神，带点挖苦地微微一笑，"我怎么有一种'风萧萧兮易水寒，壮士一去兮不复还'的感觉？"

李德眨巴眨巴眼睛，看看博古，他对这句话的意思没太弄明白。

博古："寻淮洲军团长，你要尊重共产国际的军事顾问！"

寻淮洲没有再吱声。

李德把一张地图交给寻淮洲："你们北上抗日先遣队一定要完成任务，立即返回部队吧。"

"是！"寻淮洲答道。他犹豫了一下，对周恩来说："周副主席，我们想去看看毛主席……"

"老毛有什么好看的？"他的话还没有说完就被博古打断了，"立刻返回部队，一秒钟也不准耽误，这是命令！"

"是，"寻淮洲无可奈何地表示，"不过，我们有一个想法，要向中央汇报——"

周恩来："好啊，你们有什么想法？说吧。"

粟裕："现在眼看战局有崩盘的危险，却要毛主席去休养，这是自废武功啊！"

李德和博古的脸上立刻浮现出一股怒气。

寻淮洲对视着李德、博古冰冷的目光，毫不退让："事实证明，红军离开毛主席是不能成功的！我们要求让毛主席回到队伍里来！"说完他敬了个礼，扭头就走。

粟裕、乐少华也立即跟了出去。

李德和博古面面相觑。

【旁白】1934年1月，博古在中共六届五中全会上被选为总书记；同月，全国苏维埃代表大会免去了毛泽东临时中央政府人民委员会主席的职务。

云山寺庙内。

毛泽东躺在病榻上，面色潮红，高烧不退，人事不省。贺子珍呜咽着将凉水浸过的毛巾敷在他的额头上，小小的毛毛站在床角，抽泣着喊"爸爸"。

夜。红军医院的宿舍里。床上躺着一个瘦瘦的中年人。剧烈的敲门声和叫声让他从床上猛地坐起来。

门外有人着急地喊："傅院长！傅院长！毛主席发高烧，昏过去了！"

【字幕】中央红色医院院长、中国工农红军看护学校校长傅连暲 时年40岁

傅连暲慌忙披上衣服，趿着鞋，打开门。一个红军战士提着马灯，神色慌张地站在门口。

傅连暲："发高烧？多少度？"

"41度！"

"41度？"傅连暲大惊，"人不死，脑子也要烧坏的。快找一匹马！"

几个慌慌张张跑过来的人说："没有马，只有一匹骡子！"

傅连暲："那就骑骡子，用床单把我绑在骡子身上……"

【旁白】傅连暲骑着骡子，赶了一昼夜路，来到毛泽东的

住处，和警卫战士连续八天八夜守护在毛泽东床前。

毛泽东在昏睡。秋收起义，三湾改编，与王佐、袁文才聚会，被误传开除党籍，和朱德会师，反"围剿"捉了张辉瓒，攻占漳州……一幕幕画面无声地在他的脑海里浮现。

渐渐地响起一个遥远而稚嫩的童音："爸爸、爸爸、爸爸……"声音逐渐清晰起来，生命渐渐回到了毛泽东的身体。他努力睁开眼睛：毛毛、贺子珍、傅连暲等人的面孔，逐渐地在他眼前清晰起来。

见毛泽东苏醒过来，贺子珍喜极而泣。

毛泽东却用虚弱而清晰的声音开玩笑："好人不长寿，坏人活千年。我现在是'坏人'了，连阎王都不要，要活一千年呢……"

贺子珍破涕为笑，周围的人都被逗笑了。

毛泽东："傅医生，红色华佗，谢谢你救了我一命！"他又拉住毛毛的小手，让他凑到跟前："毛毛，爸爸舍不得你呀！"

蒋介石行营。蒋介石在一群将领的簇拥下，大步走在宽阔的走廊上。

蒋介石满面春风，得意扬扬："想不到蔡廷锴和共产党被我各个击破，真是如有神助！如有神助啊！"

被敌人占领的中央苏区，处处都是战争的痕迹：烧得枯焦的树木，兀然而立，颓垣残壁比比皆是。

革命群众被国民党士兵赶到村头，用机枪扫射屠杀，一片呼天抢地的叫骂。

拿着火把的士兵放火烧毁房屋，他们将火把丢到草棚的房顶上，房屋燃起熊熊火焰。

"报告！"一个少尉军官来到上校军官面前，得意地晃晃手上那把往下滴血的大刀，"那些个红军伤员，我已经像屠鸡宰狗一样，用他们自己的刀把他们都杀掉了！"他用刀指指押过来的几个哭哭啼啼的六七岁的孩子问："长官，这些孩子？……"

上校不满地斜视他一眼："上边的命令是'房要过火，石要过刀，人要换种'，你说呢？"

少尉军官："这些赤匪小崽子才六七岁，是不是就饶过算了？"

上校："六七岁的孩子已经记事了，他们眼见我们杀了他们的爹娘，还让他们长大了来找我们报仇吗?!"

少尉军官不再迟疑，对边上的士兵挥了挥手，命令："举枪——"几个士兵举起枪，对准了那几个孩子。

天空乌云密布。枪声响起，混杂着孩子们垂死的惨叫……

【旁白】蒋介石先后击溃蔡廷锴等人的福建联共反蒋抗日政府和红军的主要防线后，中央红军被迫进行长征。

李德的独立房子。李德和博古趴在桌子上研究留守人员名单。

博古:"毛泽东想留下来。"

"哦?"李德一愣,随即笑了,"老毛难得和我一致!"

博古于是用笔在名单上加上了毛泽东的名字。

周恩来拿着一份地图走进屋里。

博古向他打招呼:"恩来同志,你来看看这份留守人员的名单。"

周恩来接过名单,瞄了一眼,立刻说道:"毛泽东同志也要留下?这怎么行?"

李德:"怎么不行?"

周恩来:"毛泽东是中央红军、中央苏区的主要创始人之一,是中华苏维埃共和国主席,万一遭遇不测,损失太大,影响太大!"

李德耸耸肩:"共产国际曾经说过,毛泽东不宜离开中央苏区!"

周恩来:"当时共产国际的意思是,毛泽东应留在中央苏区开展工作,而现在中央苏区即将不存在了——情况完全不同嘛。"

李德双手一摊:"我和博古总书记都是这个意见。"

周恩来拧紧眉毛想了一会儿,笑了笑说:"李德同志,毛泽东可是一位即使赤手空拳,也能搅得风起云涌的人物。"

李德和博古几乎同时发问:"什么意思?"

周恩来:"当初毛泽东带着几百个农民,就搞起了井冈山;

他带着千把人下山，又搞起了这几万平方公里的中央苏区。这里是他'起家''发家'的地方，人熟、地熟，要搞出点动静，不是难事吧？"

李德和博古互相看看，沉默片刻，李德开口："嗯，这个毛泽东还是带着走比较好控制。"

"哦！"博古恍然大悟，"难怪毛泽东想要留下来呢……"

"怎么，"周恩来有点吃惊，"他要留下？"

"嗯，他还给我来了一封信。"博古开始在案头的一堆文件中翻找，找出一个信封递给周恩来。

周恩来接过信，仔细看了一会儿："我马上去和他谈。"

夜幕沉沉。瓢泼大雨。几个骑马的人影，在小路上疾驰。

雷鸣，一道闪电划破夜空，照亮了骑马人：他们是穿着蓑衣的周恩来和他的警卫员。

云石山古寺。毛泽东和周恩来两个人在一间房内谈话。

毛泽东："我身体还不行，疟原虫还在我体内打埋伏，一个反攻就搞得我卧床不起，跟不上队伍啊。"

周恩来："这不是问题，有担架队嘛！"

"我在中央毫无发言权，还要拖累同志们抬担架，划不来呀。"

"泽东同志，我很理解你的心情和处境。中央虽然没有采纳你的建议，但是我和同志们都听进去了。你的话没有白说，量变会引起质变嘛！"

毛泽东不由得习惯性地站起来，边走边说："大清国上下被洋枪、洋炮打得没了脾气，不要说汽车、火车、飞机，就是老百姓的日常必需品，也是洋油、洋火、洋布、洋白面！近百年来就形成了一种思维定式：外国的月亮比中国圆。连革命怎么革，也只有俄国一条路。"

周恩来点点头："我深有同感，不过近百年形成的思维定式积重难返，要大家都懂这个道理，不是朝夕之功。"

桌上的小煤油灯忽闪忽闪的，渐渐暗淡了。毛泽东坐回位子上，摸起一把剪刀，修剪油灯灯芯，他边修剪边说："恩来同志，早在1924年，你就组建了孙中山大元帅府铁甲车队，是我们党内最早摸枪杆子的人。党在历史上几次危机，也主要是由于你的努力才转危为安。我对你很钦佩。"

小油灯火苗一蹿，屋里显得亮堂起来。

毛泽东放下剪刀："不过我有一点想法：'三里不同音，十里不同俗。'何况中国、俄国不同国呢？我们难道只能照抄俄国人的作业吗？事到如今我敢说，无论哪个国家要想独立民主富强，只能走符合自己国情的进步道路。而且我敢预言，将来革命成功了，我们要建设民主富强的新中国，也要靠自己摸路子。我们中国这么大，有传承五千年的文明，没得现成的作业好抄哦！"

周恩来低头想了一会儿，抬起头来，目光清亮地望着毛泽东："你的想法，事关中国革命的道路和前途！我个人认为具有十分正面的意义。自从你引兵井冈山以后，我就逐步认识到，你也许摸索到了一条适合我国国情的革命道路。尤其是打赣州和打漳州之后，我切身体会到，你打仗很有一套。我对你很钦佩，很敬重。不过十个指头有长短——党内同志的思想水平不一样，革命经历不一样，要真正统一认识，还需要实践和时间，大多数同志总会站到真理这一边。这也是我请你跟主力红军一起走的根本原因……"

门外响起一声"报告"。随即，警卫员提着一个冒着热气的水壶进来给两位首长续水。

毛泽东和周恩来立即停止了对话。周恩来盯着毛泽东，毛泽东盯着警卫员往茶缸里续的热气腾腾的水，都在紧张思索。直到警卫员倒完水转身出去并带上门后，毛泽东才抬起头来，朝周恩来一笑："好，恩来，听你的，我跟部队走！不过我想提一个要求——"

"提吧。"

"能不能把我和王稼祥、张闻天编在一个队里走？"

周恩来若有所思地朝毛泽东注视了一会儿，爽朗一笑："很好，我一定促成。"

晨曦初露。林中的鸟儿在欢快地鸣叫。

周恩来带着满身的晨霜，在李德的独立房子前跨下马来。

正在做早操的博古迎上来问："谈得怎么样？"

周恩来："他同意跟部队走了。"他把马缰绳交给警卫员：

"我看是不是把他和王稼祥、张闻天都编在休养连，方便照顾这两个重病号?"

博古："好哇，在我们的眼皮子底下，也便于约束他。"

周恩来："那你就跟李德同志打个招呼吧。"

博古："这没问题。"

油灯下，贺子珍将毛泽东的军棉袄改成毛毛的棉袄棉裤。

毛泽东抱着已经睡着的毛毛，喃喃而语："儿子，穿着妈妈用爸爸的大衣服改成的小衣服，就像跟爸爸妈妈在一起了……"他拿起毛毛的小手紧紧地贴在脸上，又握住毛毛光着的小脚丫，贴在唇上一个劲地吻。

他动情地对抽泣的贺子珍说："战场上枪炮无眼，谁也不知道自己究竟能不能活下去。明天就要走了，也许就是跟儿子的生离死别，我要把毛毛的味道永远印在心里……"

【字幕】1934 年 10 月 18 日 江西于都

村口大树下。乡亲们泪涟涟地送别红军。响起了《十送红军》凄婉悲壮的歌声：

"一送里格红军，介支个下了山。秋风里格细雨，介支个缠绵绵。山上里格野鹿，声声哀号。树树里格梧桐，叶呀叶落光……"

两岁的小毛毛，穿着爸妈新做的小棉袄，眼挂泪珠，可怜巴巴地站在送别的人群中。

行进的红军队列中，走出手持树枝当拐棍的毛泽东和贺子珍。他俩一起走到收留小毛毛的乡亲面前，深深地向老乡鞠躬。两个人又同时弯下腰去，拥着小毛毛，在他的脸上亲吻。

终于，毛泽东站起来，转过身，跟随红军大队向前走。"爸爸、爸爸……"身后传来小毛毛撕心裂肺的喊声，刚迈两步的毛泽东忍不住回头深深地凝望，眼睛里出现了泪光，他高高地仰起头，可还是有两滴泪珠滚落下来。他定了定神，便振作精神向前走去，再也没有回头。

小毛毛挥舞着小手，跟跟跄跄地追在后面，跟父母告别……

【旁白】这一别，就是2岁的小毛毛与父母的永别……

【字幕】广西全州 湘江

血战湘江。成千上万的红军战士在冰冷刺骨的江水中，徒步涉水过湘江。头顶有十余架敌机轮番对着江面俯冲下来，机翼上的机枪喷吐出火焰，江面上不断溅起炸弹爆炸的巨大水花。红军战士被抛到空中，又像落叶般坠落下来。

炮弹在岸上的红军密集的队伍中频频爆炸。江边的小丘陵上，黑压压的敌人，像潮水一样往上冲。战士们拼起了刺刀。

【旁白】中央红军在突破敌人第四道封锁线湘江时，面临几十万敌军的围追堵截，血战五昼夜。中央纵队携带着各种军工和印刷机械，每天行进只有约十公里。中央红军各军团首长，全部拿起武器参加了战斗，红军面临绝境。党中央的口号是："我们不为胜利者，即为失败者！"

残阳如血，映照着江面上无数红军将士的尸体。数十里长的湘江水面，被血水染红。

【旁白】八万六千名红军，只有约三万人渡过了湘江。老百姓留下了"两年不喝湘江水，三年不吃湘江鱼"的叹息。而坚守中央苏区的一万六千余名红军和三万多伤员也遭受严重损失，瞿秋白、何叔衡、贺昌、刘伯坚、毛泽覃、古柏等领导人均牺牲。

蒋介石行营。蒋介石在一群将领的簇拥下，大步走在宽阔的走廊上。

蒋介石神气十足："自从我亲自指挥第五次剿共以来，首先剿灭了蔡廷锴，接着占了共产党的老巢，如今又在湘江歼灭了敌军主力。彻底消灭共产党，指日可待啊！"

蒋介石走进作战室。坐在会议桌两旁的将领们全部起立。蒋介石走到桌前，威严地说："现已查明，共军此次西窜的目的，是到湖南与贺龙、萧克部会合。我已调集二十万大军，布下天罗地网，就在那里等！"

江边树林里。博古失魂落魄地靠着树干，坐在地上。他掏出手枪，眼睛里闪现出红军战士的尸体漂满湘江的场景。他颤抖着把手枪指向了自己的太阳穴。

"博古同志！"附近一声吼，周恩来、聂荣臻正从旁边路过，聂荣臻大喊一声，一个箭步冲过来，手疾眼快地夺了博古的手枪："你开什么玩笑？"

周恩来："博古同志，要敢于承担责任，我是军事部部长，我就负有重要责任。不过现在最要紧的，是要立刻确定下一步的行动，我建议立刻召开军委会议。请毛泽东同志和军团领导同志都参加。"

博古茫然地看看他们，又茫然地点点头。

乡村土路上，疲惫不堪的红军队伍在行军。毛泽东又犯病了，他躺在担架上，一阵阵发抖，仍然很努力地对并行躺在另一副担架上的王稼祥说："人往往是需要反面教员的。血战湘江这么惨痛的教训，同志们应该明辨是非了！"

王稼祥神情悲愤："要查清失败的原因，烈士的鲜血不能白流！"

张闻天从后面走过来。他帮毛泽东掖了掖被子。

毛泽东握着他的手："洛甫同志，你是我们党中央的二把手，要查清失败的原因。同样的错误绝不能再来一次了！"

张闻天走了几步，深感同意地点点头。

【字幕】1934年12月14日 安徽太平 谭家桥

【旁白】寻淮洲率领红军抗日先遣队孤军远征，多次与十余倍的敌军激战，大量歼敌，自己也损失严重；之后又被

"左"倾路线领导者降职为十九师师长。

冬季的深山，寒风呼啸。寻淮洲和衣衫褴褛的几十名战士匍匐在山坡上，头顶上子弹横飞。

寻淮洲大声疾呼："同志们，不夺下这个山头，我们就失败了，冲啊！"说完一跃而起，带头向山上冲去。

枪林弹雨。在临近山头时，子弹击中了寻淮洲的腹部。他一个踉跄，慢慢地栽倒下去。

林子里，奄奄一息的寻淮洲躺在泥地上，粟裕等亲密战友泪眼蒙眬地围绕在他的身旁。

寻淮洲断断续续地说："……我死后，把我的衣服脱下来，留给需要的同志……北上抗日……"

粟裕呜咽着："淮洲，你是名将啊，你还这么年轻……"说着忍不住失声痛哭。

寻淮洲看着战友们，露出了微笑："不要难过，将军百战死，处处有青山，这就是我最无遗憾的事啊……"

他喃喃地发不出声了，头一歪，永远地闭上了眼睛。

【旁白】不久，红军北上抗日先遣队遭到严重失败，红十军团军政委员会主席方志敏、军团长刘畴西被俘，英勇就义；参谋长粟裕率领几百人进入深山，坚持游击战争，到抗战全面爆发时，发展成为新四军的一支主力部队。

【字幕】1934 年 12 月 12 日和 18 日，中共中央和中革军委领导人先后在湘黔边界紧急召开了通道会议和黎平会议。

普通的农舍里。毛泽东、周恩来、朱德、李德、张闻天、王稼祥、彭德怀、林彪、聂荣臻等都参加了会议。

博古依旧神色茫然："下一步的行动不是早就决定了吗？往湖南与红二、红六军团会合。"

王稼祥："可是蒋介石已经在那儿摆下重兵，等着我们呢！"

毛泽东："现在只有绕过敌人重兵，往贵州遵义方向走，才有一线生机。"

"往贵州？"博古觉得很突兀，"这从来不在我们的计划之中啊！"

"不行！"李德坚决反对，"与红二、红六军团会合，我们就可以得到补充，到贵州去干什么？那里根本没有红军！"

毛泽东："贵州虽然没有红军，但是也没有国民党的主力，我们就有了腾挪的空间。去湖南与红二、红六军团会合当然好，可是几十万敌军正在路上等着我们呢，过得去吗？"

"怎么过不去？"李德额头青筋直冒，"伏龙芝军事学院有一句名言：战争的胜利往往取决于指挥员的孤注一掷！"

"扯淡！"彭德怀忍不住骂了一句，"崽卖爷田不心疼！"

"孤注一掷？"博古有些疑惑，"有这样的战例吗？"

"怎么没有？"李德很坚决地反问道，"俄国的库图佐夫焚毁莫斯科，你们中国的霸王项羽破釜沉舟，难道不都是孤注一掷吗？！"

博古似乎觉得有了一些希望："对呀，我们坚决冲过去，和红二、红六军团会合，就能得到补充，就能反攻中央苏区。留得青山在，不怕没柴烧……"

"青山？"毛泽东露出了冷笑，"再来一次血战湘江，我们还有青山吗？"

见到在座的人都纷纷点头，李德急急忙忙往地图上看去。

"不，"李德指着地图大叫，"往贵州去，前面有乌江，那可是天险！"

大家都凑过去看地图，只有毛泽东例外。

毛泽东胸有成竹："我已经考虑过了。湘江水势平缓，有几处脱了裤子就能蹚过去，可以看成坦途。但国民党几十万军队围追堵截，坦途就变成了天堑。乌江水深浪急，确实称得上天险，然而只有少数抽大烟的贵州地方军，天险也就是坦途。我们强渡乌江，有决一死战的决心；对岸那些'双枪兵'，却没有鱼死网破的勇气。两军相逢勇者胜！我料定我军能够顺利地突破乌江，占领遵义！"

沉默，大家的目光互相探询着。

良久，朱德首先表态："毛主席说得对，我同意。"

大多数人都点头赞成。

周恩来看看大家："那就这么决定吧！"

乌云掩盖了天上的弯月。另一间农舍里，一张破桌子上摆着一盏油灯。李德和周恩来在大声争论。

李德："周恩来同志，你怎么能被毛泽东牵着鼻子走？他是一贯反对国际路线的!"

周恩来:"军队打胜仗才是硬道理。我们听你指挥,打了多少败仗?"

"那是因为敌人太强大!"

"你简直是强词夺理……"愤怒的周恩来猛地一拍桌子,桌上的油灯跳起来,打翻了,一片黑暗。

黑暗中响起了电话铃声,随即亮起了一盏台灯。这是在蒋介石的卧室里。他从被窝里伸出一只手,拿起床头的电话听筒,闭着眼睛的脸上还露出了微笑:"辞修啊,是共军钻进口袋了吗?"

听筒里传来陈诚的声音:"校长,共军没有钻口袋,绕了个弯往贵州去了。"

"嗯?"蒋介石猛地睁开双眼,一下坐了起来!

作战室里,陈诚手拿电话盯着沙盘报告说:"不过共军前面是乌江天险,江对岸还有黔军防守,只要我们几十万大军追上去,他们还是死路一条!"

坐在床上的蒋介石急不可耐地说:"那就快追呀!"

蒋介石听到陈诚在听筒里的大声回答:"是!"过了一会儿,他疑惑地放下电话,自言自语道:"眼睛一眨,老母鸡变鸭!"

红军夜间露营。小路旁燃起了堆堆篝火。战士们围着篝火，用石头打磨刺刀，烘烤衣服、绷带。毛泽东、张闻天坐在一堆篝火旁，毛泽东用一根树枝挑着湿淋淋的衣服，在篝火上翻烤，衣服上冒起白色的蒸汽。在篝火边上还顺带放着几根烤辣椒。

毛泽东："出水荷花有高低，各国国情不相同。不能因为俄国革命是以城市为中心的，我们也只能依葫芦画瓢。"他把衣服翻了一面。

张闻天："下一步到遵义开会，也要选你出来领导。"

毛泽东："党的领导还是要由你来做，这有利于团结留苏回来的同志。我身体不好，而且王明那里首先就通不过。"

张闻天有所犹豫："政治问题总要解决吧？同志们戏称我和王稼祥是'国际派'的大将……"

毛泽东："留苏同志在革命大方向上没有问题，眼下迫切要解决军事指挥，不能让李德再搞下去了。"

张闻天："泽东同志，你让我很感动，我和稼祥同志也曾经反对过你……"

毛泽东笑呵呵地打断他的话："认识总有先后嘛，我也不是一开始就认识到的……"

他突然发现，张闻天拿起一根烤好的辣椒塞到嘴里嚼，一会儿就辣得直吐舌头。

毛泽东："哎，洛甫同志，你这上海人怎么也吃起辣椒来了？你跟我在一起待久了，可要小心'近墨者黑'哟！"

张闻天微微一笑："谁手里有真理，我就跟谁走。"

恰好此时王稼祥的担架到了。毛泽东招呼说："稼祥，到这边来。"说着往边上挪一挪，腾出位置。

王稼祥的担架放了下来。

王稼祥撑起身子："我这裤子又是脓又是血的，还是离你们远点。"

毛泽东："换下来洗一洗嘛！"

王稼祥苦笑道："我只有一条裤子，拿什么换？"

毛泽东："穿我的，我有两条裤子。"

张闻天："稼祥，你换下老毛的裤子以后就给我穿，我身上这条也要洗一洗。"

毛泽东哈哈大笑："这么说，我们三个可是好得合穿一条裤子！"

【字幕】贵州 乌江

乌江近岸。奔腾的江水一泻千里，发出雷鸣般的吼声。

红军队伍在竹林里砍竹子。

毛泽东站在一块石头上对部队讲话："同志们，几十万敌军正从背后压过来，我们只有突破乌江才能生存。大家快砍竹子，搭浮桥、扎竹排，每人扛两根，我报名扛四根！"

说着，他往肩上扛起四根竹子，大步向前走去。战士们也纷纷扛起四根竹子，紧紧跟上……

雨夜，乌云翻滚。约百米宽的乌江，从悬崖峭壁般的两岸中间穿过。风在吼、雨在下，湍急的江水像一条巨大的黑蟒在翻滚、游动，发出震耳欲聋的轰隆声，能见度只有几十米。

【字幕】1935年1月4日 红一军团二师四团强渡乌江

风雨交加。渡江突击队的八个战士赤膊，将裤腿卷得高高的，脚下都放着一捆手榴弹，腰插驳壳枪，系着一根缆绳，激动地望着自己的团长。

【字幕】团长 耿飚 时年26岁

耿飚说了一声："敬酒！"

站在对面的另外八个战士给每个突击队员端上一碗白酒，突击队员们都激动地接过酒，尽管有人被辣得龇牙咧嘴，也咕咚咕咚几大口一饮而尽，然后把酒碗还给对面的战友，将脚下的一捆手榴弹顶在头上。

"把缆绳拉到对岸就是胜利！"耿飚一挥手，"出发！"

突击队员们拉着缆绳扑通、扑通跳进江水中，奋力向江心游去。缆绳像一张大弓一样拖在他们的身后。

突然，对面响起了枪声，红军的意图暴露了。密集的弹雨在江面上溅起朵朵水花。炮弹也开始在江中爆炸。那条拖在突击队身后的缆绳被炮弹击中，爆炸点掀起高高的水柱，绳子断成了两截，落到江水中，无影无踪。刚才还奋勇向前的突击队员们，立即被激流卷向下游，在翻滚的江水中挣扎……

乌江岸边，浑身被雨淋透的耿飚和战士们望着在江心挣扎的几个黑点，黑点很快就消失了，众人脸上浮现出失望和悲痛的神情。

耿飚："往下游去，找个江面开阔、水流平缓些的地方，再渡！"

夜晚，江面相对开阔、水流稍微平缓的地方。耿飚和战友们送赵石头等二十几个全副武装的战士上竹筏。

通信员气喘吁吁地跑来，上气不接下气地报告说："师部来电，敌人三个师的追兵已在我们后面一步之遥。"

耿飚略一思索，断然说道："我亲自上！"

【字幕】连长 赵石头 时年37岁

突击队队长赵石头老成了许多，下巴上胡子拉碴，脸上刻着皱纹："团长，要是让你上，还要我干什么?!"

耿飚："要是拿不下对面的渡口，大部队就糟了！"

赵石头："可你要指挥全团啊！"

耿飚："服从命令！"

赵石头眨眨眼睛，没再吭声。

耿飚紧紧腰带，和战士们分别走上了约一丈宽、两丈长的三张竹筏。

耿飚看看登上三张竹筏的战士，大吼："红军能不能生存，就看我们了！"

赵石头和战士们纷纷激动地高呼："我们一定能渡过去！"

耿飚一挥手，战士们跪蹲在竹筏上，开始划水。

赵石头嬉皮笑脸地挤过来，对耿飚说："团长，全团还得靠你指挥呢！"说着肩膀一使劲，耿飚冷不防被挤到了江水中。赵石头随即大吼："前进！"

战士们立即用竹片奋力划水。等耿飚在水中扑腾几下站起身子，竹筏已经漂远了。只听江上传来赵石头的喊声："保证完成任务！"

一眨眼的工夫，竹筏就犹如一片小小的树叶，穿过翻滚的波涛，在风雨中向一片黑暗的江心划去……

竹筏在波峰浪谷中颠簸。一个巨浪迎头压来，竹筏消失不见了，当竹筏再次冒出来的时候，上面少了两个战士。

战士们拼命划水。就在接近对岸的江水中，出现一块突兀的礁石。巨浪把一张竹筏狠狠地甩到了礁石上。竹筏被摔得粉碎，战士们瞬间全部被江水无情地吞没了……

仅剩的竹筏载着赵石头和七个战士在波峰浪谷中漂浮、穿行。战士们浑身湿透，用竹片拼命划水。他们时而被江水吞没，时而又浮出了水面。有两个战士先后被浪头打入江中，转眼就没了踪影。

耿飚和红军战士们在风雨声中望眼欲穿。黑洞洞的对岸无声无息。

耿飚咬咬牙，下了决心："强渡！"

于是几十个竹筏被迅速推入了江中……忽然，众人隐约听到了对面响起枪响，大家欣喜若狂！

战士们高喊："他们过去了！"

黔军河防阵地上，枪声大作，赵石头率领几个红军战士端着冲锋枪杀到了面前。蹲在战壕里的敌兵丢下机枪转身就跑。

十几个双枪兵正躺在铺上抽大烟，顿时惊慌失措，四处奔逃，作鸟兽散。

天亮了，敌人的后续部队发起了反冲击。几百个敌军向赵石头几个人据守的堑壕发起冲锋，形势危急。

耿飚放下望远镜，问站在身旁的炮兵连连长："还有几发炮弹？"

【字幕】炮兵连连长 神炮手 赵成章 时年29岁

赵成章身材高大，一挺胸："五发，还是从中央苏区背来的。"

耿飚："全部打出去，能不能守住对岸的渡口，就看你的了！"

赵成章二话不说，也不用瞄准具，左手扶着迫击炮的炮筒，一只脚向前跨出半步，另一条腿跪在地上，单眼吊线，瞄了瞄，右手把炮弹填进迫击炮炮膛。

砰的一声，炮弹像黑乌鸦一样，朝对岸飞去，落在冲锋敌群的后面轰然爆炸了，敌人仍然向前跑动。

耿飚身边的战士们露出失望的神色。

赵成章不动声色，只是稍微抬了抬炮管，就连放四炮，四个黑点接二连三地腾空而起，向对岸飞去。

轰隆隆，冲锋的敌群中连续爆出四团火光，浓烟弥漫，一片又一片敌人被炸翻，没死的纷纷抱头鼠窜……

【旁白】红军从回龙场、江界河、茶山关三个渡口成功强渡乌江，向遵义城挺进。

行军路上，张闻天扶着王稼祥的担架边走边聊。

张闻天："这次到遵义开政治局会议，要选毛泽东出来任领导。"

王稼祥不时咳嗽，声音很虚弱："我们可能票数不够吧？我和老毛算过几次，有点儿悬。"

张闻天见王稼祥脸色不好，伸手往他额头上试了一下，吃了一惊："你烧得烫手，能参加会议吗？"

王稼祥推开了张闻天的手，咬紧牙关说："我就是爬，也要爬到会场上去！"

沉默。张闻天走了几步："要数票，可以把军团的领导扩大进来。"

王稼祥："……恩来同志主持会议，就看他怎么定了。"

【字幕】1935 年 1 月 7 日 贵州遵义

周恩来、博古、李德骑马并辔进入遵义城。

周恩来："军团的领导都希望参加这次会议，就开个政治局扩大会吧。"

李德："他们只是执行者，没有必要参加。"

周恩来："博古同志，你说呢？他们都是从尸山血海中杀出来的，最有亲身体验。"

博古点点头，表示同意。

遵义会议楼。二楼会议室，王稼祥斜靠在躺椅上，他是被担架抬进会场的。毛泽东、周恩来、朱德、博古、张闻天、彭德怀、陈云、刘少奇、邓发、何克全、刘伯承、林彪、聂荣臻、杨尚昆、邓小平、伍修权等人参加了会议。李德坐在靠近门口的地方，一脸沮丧。

博古的声音有些颤抖："我们遭到了惨败，这是由于敌人太强大，这种失败在客观上是无法避免的。"他说完坐了下去。

周恩来站起来："失败主要是由于战略战术上的错误，我作为中央军事部部长，负有重要责任。我要求会议批准我辞职，让更适合的同志出任领导。"

张闻天站起来："博古同志的讲话是推卸责任。第一至第四次反'围剿'，都胜利了，那时候红军不是更弱小吗？"

"嗯，"朱德闷闷地咳了一声，吸引了大家的视线，随后一字一顿地说，"这样的领导，我们就不能再跟着走了！"

话一出口，大家都默默点头。李德、博古的脸色瞬间变得非常难看。

毛泽东站起来："我们是步枪加鞭炮，老蒋是飞机加大炮。非要打堂堂之阵，这不是叫花子跟龙王比宝吗？结果进攻时的冒险主义，碰得头破血流，就变成了防守时的保守主义，撤退时的逃跑主义……"

【旁白】1935年1月15日至17日，中共中央政治局在遵义召开扩大会议，会议结束了"左"倾教条主义在中央的统治，选举毛泽东为中央政治局常委，取消了博古和李德的最高军事指挥权。而后，又由周恩来、毛泽东、王稼祥组成军事指挥三人团，事实上确立了毛泽东在红军和党中央的领导地位。这是中国共产党第一次完全独立自主地决定自己的人事和战略。

农舍里，周恩来和博古在谈话。

"我可以交权，"博古情绪低落，"以后就是张闻天当召集人，而毛泽东管事了。"

周恩来想了想，和颜悦色地问："你觉得你尽力了吗？"

博古马上变得很激动："我尽力了！"

"是啊，我们都尽力了！可是却损失了整个中央苏区和大部分部队。陈独秀、瞿秋白、李立三、向忠发都不行。这就应了那句老话，'能臣时时有，雄主很难得'啊。"周恩来沉默片刻，又深为感慨地补充了一句："弥足珍贵呀！"

博古望着周恩来："你呢？大家都很服你……"

"我是自家人知自家事，不是帅才！"周恩来笑着摆摆手，

"我从领导南昌起义失败后，就逐渐认识到，靠我们这些吃过洋面包的同志当统帅是不行的，我们要找一个真正懂中国的人。我觉得毛主席就是这样的人：他知识渊博，胸怀宽广，文采飞扬，很能打仗！我们帮助他一起把中国革命搞成功，不是很好吗？"

博古瞅了瞅放在一边的文件挑子，有些犹豫不决。

周恩来："我跟蒋介石共事数年，他文武双全，心狠手辣，现在又在名义上统一了中国，枪多，人多，钱多，你觉得你是他的对手吗？"

博古想了想，惶恐地摇摇头："我愿意马上向张闻天同志交权，但如果共产国际不认可，这权还是交不出去。王明同志去莫斯科时，曾规定潘汉年作为他和我之间的联络员，他只相信潘汉年的话！这样，我立即派潘汉年去莫斯科汇报……"

【旁白】在莫斯科的王明得知博古交出中共中央领导权之后，表示遗憾，但对张闻天担任中央总负责人仍表示认可。

遵义城。城里的街道上，商家已经开门营业。红军在开仓放粮，给新兵发放军装。拿到慰问金的战士们，在饭店里乐呵呵地打牙祭。

赵石头抹着油油的嘴唇从饭店走出来，一眼看见毛泽东和贺子珍走在街道上。赵石头喜出望外。

"哎呀，毛主席！"赵石头紧跑两步敬了个礼，伸长胳膊迎上去。

毛泽东一眼认出了赵石头，立即兴冲冲地跨了两步，与这个老部下热情握手。

赵石头："毛主席，可想死我了！说真心话，这两年，我第一想的是留在苏区的婆娘，第二想的就是你啦！"

毛泽东哈哈大笑。

赵石头忽然看到贺子珍在不远处望着自己，不由得啪地轻轻给了自己一个嘴巴，连连说："错啦、错啦，自打血战湘江以后，我第一想的就是毛主席啦……"

毛泽东："石头，你现在在哪个部队？"

"在红四团当连长。唉，本来第四次反'围剿'，我已经干到副团长了，第五次反'围剿'部队损失太大，只好降为营长，又降为连长，又降为排长，又降为班长，这个班里，居然有七个战士当过副连长！嘿嘿，"他摇头苦笑，"这不，我前几天才又升为连长。眼见得一起参加秋收暴动的老弟兄不剩几个了，我就想念跟着你打胜仗的日子，做梦都想啊！"

毛泽东和贺子珍开心地漫步在热闹的小街上。

毛泽东意气风发："我现在又有发言权了，要尽快打一个胜仗，鼓舞士气。"

他站到一个杂货铺前，打量了一下各色杂货，对贺子珍说："给毛毛买点东西吧。老板，来十颗棒棒糖。"

贺子珍："再见到毛毛，这糖早就化了。"

毛泽东："就是化了，也是对儿子的心意呀！"然后他小心翼翼地双手接过老板递来的棒棒糖，捧在手心一再端详，脸上荡漾着温暖、慈祥的柔情……

红军司令部。毛泽东从作战参谋手里接过一份敌情报告，看完很兴奋，对朱德、周恩来说："跟在后面的是贵州军四个团，约六千人，一伙大烟鬼。这里地形又好，那就搂草打兔子——顺手消灭他！而后北渡长江，进入四川建立根据地。"

【字幕】毛泽东指挥红军发起了土城战役

红军指挥部。一间普通的农民房子里，毛泽东听着远处传来密集的枪炮声，越来越疑惑。他对朱德、周恩来说："这是个可以'灭此朝食'的仗，怎么久拖不决？"

朱德："听枪炮声，敌人火力很猛，不像是贵州军！"

"报告！"两个指挥员急匆匆地冲进来。

【字幕】中央红军干部团团长 陈赓 时年31岁
　　　　政委 宋任穷 时年26岁

陈赓大声报告道："各位首长，审问俘虏发现敌人不是黔军，而是川军，也不是六千人，而是一万多人，现在反而企图包围我们。川军后续还有两个旅，正快速向我们扑来。"

毛泽东吃了一惊："究竟是怎么回事？"

朱德："我带干部团上，先把部队接出来。"

毛泽东："现在情况不明，老总你不能上！"

朱德："老伙计，一个朱德何足道哉？再晚就迟了。陈赓、宋任穷——"

陈赓、宋任穷同时大声应道："到！"

朱德一挥手："干部团跟我上！"

敌军已突破我军阵地，红军战士从战壕中跃出，挥舞大刀与川军拼杀。众多的敌人渐渐地占据了上风。在万分危急的时刻，朱德、陈赓率领干部团从敌人侧后发起了冲锋。

陈赓、宋任穷都手挥滴血的大刀，冲入敌群，左右砍杀。

朱德边冲边用驳壳枪频频射击，敌兵应声而倒，弹无虚发。

战士们杀声震天，敌军遭受袭击，匆忙撤退。

红军指战员疲惫不堪地坐在树林里休息。毛泽东、周恩来、朱德几个从一旁走过。博古正在替一个头部负伤的同志包扎伤口。他斜了毛泽东一眼，边缠绷带边发牢骚："换了狭隘经验主义者指挥也是不成！"

几个首长显然听到了这句牢骚话。毛泽东露出了苦笑。

跟在后面的一个参谋说："查清楚了，在翻译电报时，把敌军的'旅'字错译成了'团'字……"

毛泽东不胜感慨："真是一字之差，阴沟里翻船啊！"

参谋气愤地说："这个译电员该枪毙！"

毛泽东："批评是要批评的，处分就算了。主要责任在我。情报应该相互印证。我求胜心切，一看情报有利，居然没有综合印证！唉，往北走不通了，再商量一下吧。"

一间作为临时指挥部的农舍里，红军的高级将领们正在听毛泽东讲话。

"同志们，围堵我们的敌军是四十万，我们只有三万多人。中国回旋余地大，黑了南方有北方。我们没有明确的目的地，但是有明确的战略目标，这就是到敌人力量薄弱的地方去，生存发展。我们原定北渡长江、进入四川的路，现在又被敌人堵死了，那就往西走，西渡赤水！那里是敌人的空当。"

【字幕】1935 年 1 月 20 日 贵州 赤水河 中央红军从猿猴场、土城南北西渡赤水

赤水河东岸。月色清朗，赤水河在夜色中湍急流动。红军队伍在东岸有序集结。毛泽东、周恩来、朱德等走到河边驻足张望。

毛泽东转身对着遵义的方向挥了挥手："遵义城，再见啰！"

站在一旁的周恩来笑着说："主席这句话有深意哦！"

"恩来，你我真是心有灵犀。"毛泽东也笑了，"我的腹案是，如果敌人都向西去围剿我们，我们就等敌军主力尽量远离遵义时，杀他个回马枪，二渡赤水，再占遵义！"说着，他又

对遵义方向挥了挥手。

蒋介石行营。蒋介石对坐在长条桌两旁的高级将领讲话。

"那个被自己人算计掉的毛泽东又出来了，居然想在死局中找到生机，又逃窜到赤水河以西去了。我们是四十万人，共军是三万人，而且常常是一两天才吃一顿饭，甚至于三四天才吃到一顿饭！哼哼，毛泽东既然选择了赤水河西作为他的葬身之地，我就成全他！"他腾地站起来，断然喝道，"我命令——"

随着蒋介石的大喝，将领们鞋跟一碰，咔的一声，齐刷刷地站得笔直。

蒋介石："云南、四川、贵州的部队，一起扑上去！"

"蒋介石要在赤水河西置我们于死地，那就让他来吧，只要他有这个本事！"山沟里，毛泽东对红军的高级将领们说，"既然向西不通，我们就回头向东，二渡赤水——"

指挥员们有的看手头的地图，有的点头。

毛泽东提高了声音："注意哦，我们这次回头向东，二渡赤水，要给蒋介石一个'惊喜'：我们刚刚放弃的遵义、娄山关已经远离敌人主力，我们杀他一个回马枪！让蒋介石干瞪眼！"

红军从浮桥上二渡赤水。

【字幕】约半个月后，中央红军在太平渡、二郎滩从西往

东，二渡赤水

【字幕】贵州遵义

城内守军军官和豪绅们正在大摆宴席。一个少将拿着一瓶酒，吆五喝六地在各个桌子间穿行。

忽然，副官急急忙忙地跑过来对他附耳说了几句。

少将毫不在意地大声说："红军又回来了？哈哈，不可能！红军就是走错路，也不会走到遵义来……"话音还没落，附近响起了炮弹爆炸的巨响。

老爷太太们惊慌失措地往桌子底下钻。

砰的一声，少将手上的酒瓶子掉落在地，摔成了碎片。"备马，快备马!"将军惊慌失措地叫道。

几个敌军军官，骑马在土路上落荒而逃。

【字幕】贵州遵义 娄山关

枪炮大作，红旗招展。大批俘虏高举双手，从阵地上被押解下来。

【旁白】红军二渡赤水，回到东岸，再占娄山关、遵义。一举歼灭敌军约两个师八个团，缴获了大批军需物资，取得了红军长征以来最大的胜利。

毛泽东、周恩来、朱德、张闻天、王稼祥、博古、刘少奇等人站在娄山关上，极目远望。

周恩来看着毛泽东站在那儿念念有词，兴致勃勃地问："江山如画，主席一定有诗了吧?"

毛泽东哈哈一笑，开心地对大家说："如此美景，我填一首《忆秦娥·娄山关》为大家助兴，怎么样?"

"好啊!"身边的战友们一齐欢呼起来。

毛泽东满面笑容，目光投向苍天大地，清清嗓子，朗声念道："西风烈，长空雁叫霜晨月。霜晨月，马蹄声碎，喇叭声咽。雄关漫道真如铁，而今迈步从头越。从头越，苍山如海，残阳如血。"

蒋介石行营。蒋介石坐在会议室首席，双肘撑在桌上，双手捧着脑袋，沮丧地一声不吭，手下的将军们都低头奄脑，谁也不敢吱声。

好一会儿，蒋介石抬起头来，盯着对过空荡荡的椅子，仿佛毛泽东正坐在那里，他恨恨地说："毛泽东，你又咸鱼翻身了! 我不跟你兜圈子，我用江西的堡垒战，困死你!"

阳光普照。毛泽东、周恩来、朱德、张闻天、王稼祥等人站在山顶上，放眼崇山峻岭，可以看见远处红色的赤水河如一条细线，在山谷中穿行。

毛泽东乐呵呵地说："老蒋又要造碉堡，那就造吧。等他在这方圆上千里布满了钢筋水泥的乌龟壳，银子也该花得差不多了。我们也吃饱喝足了，就迈开大步，由东向西，三渡赤水，直奔长江，渡江北上。老蒋要是不怕跑断腿，又从乌龟壳里钻出来，赶到长江边去堵我们，那么贵阳势必空虚。我们就掉头回来，四渡赤水，去打贵阳。我们的战士多数还没进过贵阳这么大的城市呢，又可以大饱眼福、大饱口福喽！"

一番话说得大家眉开眼笑。

红军战士们雄赳赳气昂昂，再次由东向西，走过赤水河上的浮桥。

【旁白】面对敌人的堡垒战，毛泽东再次掉头向西，3月16日由贵州茅台附近三渡赤水，又摆出一副北渡长江的架势。蒋介石偕夫人宋美龄亲自赶到贵阳，急急忙忙调动部队，再次封锁长江。

红军队伍向长江开进。毛泽东、周恩来、朱德、博古、李德等骑在马上。

博古感慨万分地对李德说："过去是蒋介石牵着我们的鼻子走，现在是我们牵着蒋介石的鼻子走，感觉大不同啊！"说着他竖了竖大拇指。

李德也开心地朝他竖起了大拇指。

一匹快马追上来，机要参谋向毛泽东敬礼，并给他一份电报：

"主席，破译了敌人的电报，敌军主力都赶到西面去堵截我们了。"

毛泽东接过电报瞄了一眼，而后交给了周恩来、朱德。

毛泽东笑着说："不出所料，蒋介石的主力又去封锁长江了，贵阳空虚。我们现在掉头奔袭贵阳，蒋介石只能把滇军调出来保驾，我们就乘虚入云南，怎么样？"

周恩来、朱德都微笑着点头同意。

毛泽东："命令全军向后转，四渡赤水，直奔贵阳。"他随即勒住马，战马在原地转了一圈，长嘶一声，停下站稳。毛泽东朝红军战士们振臂高呼："打进贵阳城，活捉蒋介石！"

全军上下热血沸腾，指战员们齐声高呼："打进贵阳城，活捉蒋介石！""打进贵阳城，活捉蒋介石！"口号声此起彼伏。

毛泽东、周恩来几个率先向后转，打马前行。

军号嘹亮。红军部队纷纷向后转，掉转方向，加速行军。

红军指战员们斗志昂扬，再次通过赤水河上的浮桥，向东前进。

【旁白】红军出敌不意，突然掉头向东，四渡赤水，直奔贵阳。

【字幕】贵州贵阳

蒋介石行营。电话铃响成一片。参谋们奔来奔去。蒋介石靠在椅背上，似乎在闭目养神。

【字幕】追剿军副总指挥 薛岳中将

薛岳在一旁低声说："总司令，毛泽东会不会破罐子破摔，直奔贵阳而来？我们中央军都远在几百里之外啊……"

蒋介石仍然闭着眼睛："毛泽东现在不过是一只病猫！他那几个残兵败将，就是真奔贵阳而来，我又何惧？"

桌上电话铃响，薛岳拿起电话，听了一会儿，吃惊地睁大了眼睛，额头上渗出冷汗。他捂住话筒，报告说："毛泽东真的孤注一掷，直奔贵阳来了！"

蒋介石忽地睁开了眼睛："镇静！这是不是毛泽东又在虚晃一枪？"

薛岳："绝对不是。在城墙上已经能听到他们的枪声了！现在只有立即调云南的地方军，来增援贵阳，否则不堪设想！"

蒋介石面如土色，猛地站起来："那就快调吧！"

"是！"薛岳敬了个礼，转身刚走两步，蒋介石喊住了他。

蒋介石："回来——马上派重兵守护飞机场，这是我们的唯一退路！"

"是！"薛岳转身又走两步。

"回来！"蒋介石再次叫住了他，"飞机跑道吃上几发炮弹，就废了。马上去找轿子、马匹、向导，要准备钻山沟啊！"

这次薛岳没走，只是迟疑地站在那儿望着蒋介石，等他再做什么吩咐。

蒋介石却挥挥手说："快去！"

薛岳这才敬了个礼，转身抬腿大步奔出去。

蒋介石慢慢地坐回到椅子上，一个咬牙切齿又满腹狐疑的声音在他心底响起："毛泽东，难道你是我的克星……"

【旁白】在约三个月时间里，三万红军在四十万敌军的围追堵截下，在贵州、四川、云南的交界处，忽东忽西，四渡赤水，终于取得了战略主动权。

红军在开庆功宴会。一块平坦的广场上，红军将士们席地而坐，面前都摆着几只大碗。

毛泽东、周恩来、朱德、张闻天、王稼祥、刘少奇、彭德怀、林彪、聂荣臻、邓小平等围坐在一起。一个通信参谋走到毛泽东身边，俯身低声报告了几句。

毛泽东高兴地站起来说："报告大家一个好消息：敌人按我们的计划行动了。"他遥望贵阳方向抬了一下手里的酒碗，"蒋委员长，既然你把各路人马都调到贵阳去救驾了，这次我们就不打扰啦，希望在抗日战场上，后会有期！"随后笑呵呵地对战友们说："我们终于把长征以来的几十万追兵，远远地甩到身后了，从此海阔天空啊！值得用茅台干杯！"

他举起手里的酒碗。大家纷纷起身，高举酒碗。

毛泽东说："同志们，让我们站在中国大革命的潮头，去会会日本鬼子和天下各路英雄！干杯！"

毛泽东、周恩来、朱德并驾齐驱……
奔腾咆哮的大渡河；
悬空河上的铁索桥；

皑皑雪山；

茫茫草地；

巍巍宝塔山；

庄严天安门……

【旁白】党和红军终于选择了自己的统帅和领袖毛泽东，继而战胜了张国焘的分裂行动，完成了二万五千里长征，到达延安。中国人民和人民军队，在以毛泽东为核心的共产党领导下，沿着自己开辟的、符合中国国情的革命道路，取得了抗日战争和解放战争的伟大胜利。中华人民共和国的诞生，掀开了世界历史的新篇章！

毛泽东身穿红军军装，习惯性地没戴军帽，扬鞭策马而来——转为慢镜头：他那年轻、俊朗、飘逸的勃勃英姿，逐渐占据了整个银幕。

后　记

　　毛泽东同志曾说过："我毛泽东不是一上井冈山就有现在这个水平的，我是摸索试探前进的，我们的经验是打出来的。"（何长工《难忘的岁月》）

　　周恩来同志也说过："毛泽东同志对这个问题（指把工作中心放到乡村）的认识也是有其发展过程的。大革命前，有一次恽代英同志看到陶行知他们搞乡村工作，写信给毛泽东同志。毛泽东同志回信说：我们现在做城市工人工作还忙不过来，哪有空去做乡村工作。1925年他回家养病，在湖南做了一些农村调查，才开始注意农民问题。在'六大'那时候，关于要重视乡村工作，在农村里搞武装割据的重要与可能等问题，毛泽东同志是认识到了的，而'六大'则没有认识。但是，关于把工作中心放到乡村，共产党代表无产阶级来领导农民游击战争，我以为当时毛泽东同志也还没有这些思想，他也还是认为要以城市工作为中心的。开始他还主张在闽浙赣边创造苏区来影响城市工作，配合城市工作，到给林彪的信中才明确指出要创造红色区域，实行武装割据，认为是促进全国革命高潮的最重要因素，也就是以乡村为中心。所以毛泽东同志的思想是发展的。"（《关于党的"六大"的研究》）

探寻毛泽东成长的足迹，最生动地印证了习近平同志关于"我们党是靠实事求是起家和兴旺发展起来的""坚持实事求是，就能兴党兴国；违背实事求是，就会误党误国"的论断。

因此，我们尝试用人民群众喜闻乐见的故事形式，以一个历史片段来回答"中国共产党为什么'能'"的问题，希望能得到广大读者的认可与喜爱。

在剧本发表之际，我们深情怀念萧克、陈沂、童小鹏、龙飞虎、龚育之等老一辈革命家，他们曾对剧本的创作给予了热情关怀和精心指导，均认为剧本里的毛泽东，是他们看到的文艺作品中"最可爱、可敬的毛主席"；衷心感谢杨贵华、盛斌、刘国顺、王成志、傅杰三、于春生、王志坚、韩军、郦方、包晓峰等同志的鼎力相助。衷心感谢中宣部、中国人民解放军军事科学院，浙江省委，省委宣传部、省委党史和文献研究室等领导机关和专家们的关怀、指导。没有以上部门和同志的爱护和辛劳，该剧本是无法问世的。

再次向为剧本出版付出各种努力的同志们、朋友们，表示最衷心的感谢！祝大家工作顺利，诸事如意，合家幸福！

作者